北の御番所 反骨日録【八】

捕り違え

芝村凉也

双葉文庫

目次

捕り違え　北の御番所 反骨日録【八】

第一話　樽屋《たるや》十三代目

一

北町奉行所で、その長たる町奉行が奉行所以外の仕事（幕府の主要閣僚としての仕事や旗本家当主としての仕事など）を行うための内座《ないざ》の間《ま》には、町奉行の小田切土佐守直年《おだぎりとさのかみなおとし》と、二人の内与力が顔を揃《そろ》えていた。

全員が奉行と同じ幕臣である町奉行所の与力同心の中にあって、内与力だけは町奉行の家来が任じられる。すなわち、ここにいる内与力の深元《ふかもと》と唐家《からや》の二人のみは、町奉行の単なる下僚ではなく、その直臣《じきしん》でもあるという意味で、小田切により親《ちか》しい存在だった。

今この部屋は人払いがなされ、三人だけが向かい合って座していた。

「……しかし、困りましたな」

顎《あご》に手を当てて首を捻《ひね》っていた唐家が、ポツリと呟《つぶや》いた。

「この一件自体をどう取り扱うかも難しゅうございますが、それ以前に我ら町方がどこまで関与すべきかも、まずは一考したほうがよろしいかと」

深元が、そう己の考えを述べる。

「とは言え、このまま座視して成り行きに任せるというわけにもいくまい」

奉行の言葉に、内与力の二人としても同意するほかないようだ。

「はてさて、いかがしたものか……」

思案投げ首する唐家へ目をやった奉行は、何か思いついた顔になった。

「あの者らは、いまだ謹慎中だったな」

「と言いますか、いまだ病臥中《びようがちゆう》と届け出たままにございますな」

外との折衝《せつしよう》を深元に任せ、自身は奉行所内の切り盛りを主な仕事にしている唐家が答えた。

奉行の言う「あの者ら」とは、定町廻《じようまちまわ》り同心の来合轟次郎《らいごうごうじろう》と用部屋手附《ようべやてつき》同心の裄沢広二郎《ゆきざわこうじろう》のことである。

二人は、「手を出すこと罷《まか》り成らぬ」と深元らから釘を刺されたにもかかわらず、その意向に逆らう行為にあえて踏み出したため、ことが終わった後病《やまい》を理由にして「自主的な」謹慎をしている——すなわち己の組屋敷に引き籠《ひこ》もっているのだった。

下した命令に違反したのだから処罰すればよい——というか、本来ならば厳罰に処すべきなのだが、奉行らにせよ「着手すべき」と判っていながら諸般の事情で控《ひか》えざるを得なかったことにあえてこの二人が立ち向かい、さらには事態の収拾をなしてしまったことから、原理原則に則《のっと》ってそのまま罰することには少なからず躊躇《ためら》いが生じていた。

手を控えさせねばならぬと無理を押して配慮した相手はどうしているかといえば、このような結果になっても静観しているように見えることからも、心情的には処罰は回避したいとの思いもある。

さらには、裄沢らの行動は、廻《まわ》り方《かた》（定町廻り、臨時廻り、隠密廻りの総称）の面々からも支持や賛同を得ていた。ここで二人を下手《へた》に処罰すると、町奉行所の中でも最重要のお役の一つである廻り方の全員から反発を買いかねず、業務遂《すい》行《こう》に関する指図の無視や遅延といった造反を招きかねない点にも、気を配らねばならない。

その一方で、このまま裄沢らを何の処分もせぬままにしておくことで、今のところは沈黙を守っている相手方が業《ごう》を煮《に》やし、あるいは甘く見られていると気《き》位《ぐらい》を刺激されて、いったんは控えている報復に乗り出してくることも考えられた。

町奉行の小田切とその腹心である内与力の二人は、厳しい処罰に踏み切る決断がつかず、かといってこのまま放置しておくこともできずに、いうなれば立《た》ち往《おう》生《じょう》しているところなのだ。

「あの二人を、この件に当てるおつもりでしょうや？」

唐突に別な話題を持ち出した奉行へ、顔を上げた唐家が問うた。

「それも一案かと思うたのだが」

「それを、先方は罰と考えましょうか」

深元が呈した疑義には、唐家が応じた。

「さすがに期待薄でしょうなぁ」

「かもしれぬが、あのまま引っ込んでいられても町奉行所の益にはならぬし、先方への言い訳の役にも立たぬ」

「なにしろ、名目上はこちらから命じた謹慎ではなく、病で休んでいるというだけにござりますからな」

「ならばせめて、遊ばせておくよりは使ったほうがまだマシであろう」

「ふむ。先方へはともかく、町奉行所《ごばんしょ》の中では処罰する代替《かわり》と受け止められますか……」

　奉行と唐家のやり取りに、深元がまた懸念を表明する。

「しかし、さすがに荷が勝ちすぎるのでは……」

「あ奴は、こちらが思ってもみなかったようなことを平然とやってのけるようなマネを何度もしておろう。なれば、こたびももしかすると、どうにか上手《うま》い手を捻り出すやもしれぬ」

「かもしれませぬが……それで気分を害されるやもしれぬ先方へは、どのような対処を？」

　一番の気掛かりを問う深元へ、奉行はあっさりと答えた。

「何もせぬ」

「……は？」

「そなたが『気分を害されるやも、しれぬ』と口にしたとおり、気分を害するかもしれぬし、あるいはそうならぬかもしれぬ。また気分を害したとて、それを理由にこちらに何かしてくるとも限らぬ。向こうがどうするか、はっきりしたことはこちらでは判らぬということじゃな。なれば、しばらくはそのままじゃ——ま、様子見というところかの」

「それでは、しかし……」

心配顔の深元をチラリと見て、奉行は続ける。

「なに、本来は向こうに弱味があることじゃ。先方とてそうそう強気には出られまい——それでもなお何か強引な振る舞いに出てくるなれば」

「なれば？」

「どうしようもなくなったときには、何があったかを声高に広めるまで」

開き直ったような奉行の言いように、深元は慌《あわ》てる。

「し、しかし殿。そんなことをしてしまったならば——」

「まあ、こちらも少なからぬ痛手を蒙《こうむ》ることは間違いなかろうな」

「それがお判りでありながら……」

「ただし、痛手を蒙るのはこちらだけではない。あのお方に妙な評判が立つ因《もと》を作った者らも、相応の処断を受けることになろうさ——つまりは、痛み分けになるということ」

二の句の継げない深元へ、黙って話を聞いていた唐家が脇から口を挟む。

「処罰せぬことを理由にこちらへ何かしてくるとしても、それはあのお方ご本人ではなく、あのお方を取り巻く連中。そしてそれは、そもそもの火種を持ち込んだ者らと同一の人物やその仲間ということですな。

幸いなことに悪い噂も立たず、大事なお方の評判を落とすことにもなっておらぬのに、余計な手出しをしてその状況が引っ繰り返ったのでは本末転倒《ほんまつてんとう》。しかも、今なら無事である己らも、下手をすればたっぷりと返り血を浴びることになると予測される。

なれば、わざわざ火中《かちゆう》の栗を拾うようなマネはすまい、ということにございましょうか」

奉行はまるで世間話でもするかのように先へと話を進める。

「昨日城中で、彼《か》のお方のことをそれとなく匂わせてくる者がおったとしようか」

小田切は例え話《たとばなし》を装《よそお》ったが、深元らは実際あったことと受け止めた。

「それは……傍《はた》から見ていたお方が、どうなっておるか様子を探らんとお声掛けなさった、ということで？」

「いや。おそらくはどこかで、彼のお方——というか、その取り巻きと繋《つな》がっておる者だと思えたな」

城中で町奉行にそのような話を持ち掛けられるとなれば、相応の身分の者だということになる。それが誰なのかは怖ろしくてとても訊《き》けたものではないが、自身が仕《つか》える殿様でもある小田切の判断ならば確かなことなのだろうと、深元は考える。

奉行の小田切は、淡々と続けた。

「お怒りを蒙ったらどうするかというような冷やかしを口にしてきたので、神田《かんだ》堀《ぼり》の九道橋《くどうばし》近くで見つかった死人のことを持ち出したのよ。刀を抜き掛けた姿で死んでおったので、あれは辻斬りをせんとして返り討ちに遭《あ》ったように見えた、とな。

すると相手はむきになって、『襲われたゆえ抵抗せんとしたが、敵《かな》わず斬られただけではないか』と反論してきたのじゃが、こちらが『以前、その死んで見つかった男が落とした煙草《たばこ》入れが、辻斬りに斬り殺された男のすぐ近くで見つかっておったのだが、それを知った方々は果たしてどうご判断なさるか』と呟いたところ、向こうは何も言い返せずに黙ってしまってな。そのまま逃げるように去っていったわ」

「そこまで思い切ったことを……」

「なぁに、死んだ男は彼のお方のところへ出入りを許されておった者だということは、はっきりしておるからの。下手に騒ぎ立てれば、彼のお方のところとの関わり合いがあったことを誤魔化《ごまか》すこともできぬ」

　奉行の話に出てきた辻斬りをせんとして返り討ちに遭った男――宮川乱幢《みやかわらんどう》の亡骸《なきがら》は、立ち会った町方の知らせを受けた家人が引き取り、葬儀も済んでいる。いかに相手が権勢を誇るお人の取り巻きだとはいえ、今さら別人だと誤魔化すことはできなかった。

　ちなみに、その葬儀には彼の、彼のお人のところから弔問《ちようもん》に訪れる者はなかったが、使いにより香典《こうでん》が届けられたことも町方がしっかり確認していた。

「なれば、裄沢らを表立って処罰せずとも、先方から何か言ってくるようなことはありませぬか」

「そんなことをして、己らの人を見る目のなさから生じた不始末が表沙汰《おもてざた》になったならば藪蛇《やぶへび》だからの。

　果してその因《そこ》を作った己がどう罰せられるかよりも、この先、彼のお方の名が損なわれぬよう万全を期すほうが大事と考える者がどれだけおるか」

「結局、本当に主のことが大事か、それとも己が借りる虎《とら》の威《い》が大事なだけなのかが、これで判るということにござりますなぁ」

唐家が慨嘆《がいたん》するのを、奉行は皮肉な顔で聞いた。

「と、申すこちらも、決して褒《ほ》められたものではないがの」

疑問を顔に浮かべる深元へ、続きを口にする。

「処罰せねば先方が怖ろしい。かといってやってしまえば奉行所内《うちうち》からの反発が抑えきれずに収拾がつかなくなりかねぬ――お城でそれとなく匂わせてきた者へ儂《わし》が行ったのは、二進《にっち》も三進《さっち》もいかぬがゆえの開き直りよ」

「……まあ、そう考えざるを得ぬのも仕方のないことにござりますな」

そう感想を口にした唐家が、奉行を見やった。

「で、あの件を裄沢らにやらせると?」

「唐家が言うたとおり、形だけでも懲罰《ちょうばつ》の代わりになろうかと思うてな――とはいえ、こちらも苦《くる》し紛《まぎ》れに捻り出した手でしかないのだがの」

じっと二人を見やっていた深元が、さらなる話が持ち出されないのを確認してから口を開いた。

「では、そのように段取りを進めるということで、二人を呼び出しまする」

奉行から否定や注文の言葉が出ないのを再度確かめつつ、頭を下げて座敷を後にする。唐家もそれに続いた。

独り部屋に残った奉行は、「ほう」と一つ息を吐いた。


唐家たちには明かさなかったが、小田切が裄沢と来合を用いようとした本当の理由は他にもあった。

宮川乱䡴が辻斬りを働こうとして返り討ちにされたことは、公《おおやけ》になっていない——つまりは、表向きは誰も「返り討ちになどしていない」ことになっている。返り討ちに至った経緯を明らかにできない以上、咎人《とがにん》が誰かは公式には今後もずっと不明なままになる。

しかし裏に回れば、裄沢が奉行所の意向を振り払って乱䡴のところへ押し掛けたことは先方に知られているし、その後裄沢と来合の二人が病と称して自主的に引き籠もっていることも、すぐに調べがついたろう。

にもかかわらず、裄沢と来合はあえて自ら謹慎するとの態度を取った。これは、先方に対して誰の行為であったかを明らかにしてみせた上での、「報復するなら余計なところへ手を出さず、直接自分《たち》たちのところへ来い」という二人からの宣言だった。

先方もそれが判っているから、伝手《つて》を使ってお城で小田切の様子を探るようなことをしてきたのだ。

誰がやったか気づいていても、その人物が、乱暴を越えるほど大胆な所業をいっさい躊躇うことなくやってくる連中だと理解してしまった。そのため、何か対応しようにも半分腰が引けてしまい、あのような持って回った手立てになった。

そんな程度の肝《きも》の据わらぬ手合いであるから、おそらくはこのまま放置しても、実際には何も手出ししてこぬままに終わるであろう。

しかし小田切は、「おそらくは何もない」から、自分も何もしないで済まそうという気にはならなかった。本来ならば己が為《な》さねばならなかったことを代わりに為し遂げた配下を、みすみす危険に曝《さら》したまま座視していることに我慢ができなかった。ために、「もし手出しをしてくるなら、北町奉行の小田切がお前たちの相手になってやる」と、自ら名乗りを上げたのである。

身を慎んでいる裄沢と来合を、ほとぼりが冷めぬどころかまだ赤々と燃え上がっているうちに、あえて呼び出して用いようというのは、そういうことだった。

二

病を表向きの理由として自宅で謹慎していた裄沢は、その日陽が沈んでから家を出た。自主的ではあっても謹慎中だから、人目を憚《はばか》っての行動である。

ただし家にいるのに飽きたから、などといった理由ではなく、北町奉行所より呼び出しを受けてのことだ。が、向かう先はその御番所《ごばんしょ》ではなかった。

裄沢が足を向けた先は、日本橋《にほんばし》から真っ直ぐ東海道《とうかいどう》へ至る江戸一番の表通りとも言うべき道筋にある、通町《とおりちょう》三丁目の料理茶屋だった。

裄沢程度の微禄の侍が気軽に飲食できるような見世《みせ》ではないが、ここには過去に二度ほど訪れたことがある。そのうち初めの一回は、お奉行に呼び出され、当時内与力であった男に伴われてのことであった。

こたび案内をされて向かった座敷も、そのときと同じ建物の奥に造られた離れのような場所だった。

「失礼します。お連れ様がお見えになりました」

裄沢を案内した奉公人は、ひと言中へ断ってから仕切りの襖《ふすま》に手を掛けた。案内の奉公人が開けた先では、緊張した顔の大男が座したまこちらに顔を向けていた。

「なんだ、広二郎か」

先に座敷にいた大男が、ホッとした顔でひと声発する。裄沢の幼馴染《おさななじ》みで同じ北町奉行所に勤める、定町廻りの来合である。

座敷の中に他の人影がないのを確認した裄沢は、ずかずかと中へ踏み込んだ。向かい側は上座になるから、来合の隣にどっかりと腰を下ろす。

「人の面《つら》ぁ拝んだとたんに、『なんだ』はないだろう」

「だって、こんなとこに呼び出されたんだぜ。そりゃあ、いつお奉行がやってきて何言われるのか、おいらだって多少は気が張ろうってもんだ」

「いつも市中を傍若無人《ぼうじゃくぶじん》に肩で風切って歩いてる熊公でも、そんなもんかね」

「誰が傍若無人だ。おいらぁ町に異常はねえか、毎日《めえんち》しっかりと見回ってぇお勤めを果たしてるだけだぜ」

「そいつが、傍からはどう見えるかを言ってるだけさね」

「ああ。奉行所の建物《たてもん》の中で日がな一日書付《いちんちかきつけ》と睨《にら》めっこしてるだけの青瓢箪《あおびょうたん》は、人の目なんぞ気にしねえからいいよな」

いつもと変わらぬ衍沢の悪口《あっこう》を、来合はフンと鼻息一つで流す。それでも、普段どおりの掛け合いになったことで、肩の強張《こわば》りはいくらか解《ほぐ》れたようだった。

その来合が、ふと真顔に戻る。

「けど、お前《めえ》さんも呼ばれたのか……」

「なんで呼ばれたのかは、お前のほうでも薄々当たりがついてるだろう。なら、俺が顔を出したって驚くほどのことじゃあない」

「まあ、そう言われりゃそうか——おいらぁ、いよいよお奉行が引導《いんどう》渡しにやってきたかと思ったのにお前さんだったから、ちょいと拍子《ひょうし》抜《ぬ》けしたんだ」

「そうかい？　肚《はら》は決まってたつもりだったけど、いよいよとなったらさすがに怖くなってきたとかいうんじゃなくってかい」

「馬鹿にするな。わざわざおいらに思い留まらせようとしたお前相手に啖呵《たんか》を切ったからにゃあ、後悔なんぞすることぁねえさ——たとえ御番所から追放されたって、みんな覚悟の上でしたことだ」

「まあお前さんなら、いざとなったら備前屋《びぜんや》の用心棒でも食ってけるだろうしな」

備前屋は本所《ほんじょ》に見世を構える植木屋の大店《おおだな》であり、そこの主は来合の妻の美也《みや》を実の娘のように思っている男だ。自分の見世のある本所を持ち場とする定町廻りの来合への信頼も篤《あつ》く、もし夫婦が困ったことになれば放っておきはしないだろう。

軽口にも聞こえる裄沢からの指摘に、来合は口をへの字に曲げる。

「備前屋殿に頼らなくとも、自分のことぐらいは何とでもする」

キッパリと言い切った来合に、裄沢は先ほどとは少し違った口調で諭《さと》した。

「お前さんなら、どうなろうとも大丈夫なぐらいの伝手はいろいろありそうだけど、女房をしっかり食わせるのも亭主の甲斐性《かいしょう》だ。妙な意地を張って要らぬ苦労をさせるようなことはするなよ」

「言われるまでもねえ」

そう断言した来合だったが、その口調も一つ前の言いようよりは和《やわ》らいでいた。

「まあ、そんな心配は要らないだろうけどな」

裄沢のあっさりとした予言に、来合は意外そうな顔になる。その来合へ、裄沢が問う。

「お役御免を言い渡されるとでも思ったかい？」

「正直、表立って責めを負わされることはねえだろうとは思ってたけど、養子を取って隠居を勧められるぐれえは覚悟してた」

こちらの目を見て問う裄沢に、来合は本音《ほんね》を語った。そして、疑問を口にする。

「なんで、お役御免はあり得ねえと？」

「お前さんが思ってたとおり、こたびの俺らの動きについて罰を与えるため大騒ぎにして、せっかく収まってる一件を町奉行所《とっち》から蒸し返すようなことはしないだろうとなれば、残るは二つ。

そのうちの一つ、臭い物には蓋《ふた》で俺らを秘かに辞めさせようとかそんな話をするなら、御番所へ呼びつけるなり、組屋敷へ使者を出して申し渡しするなりすりゃあ済む話だろうってことさ」

「……ならもう一つの、そうじゃないほうは」

「何か別件がある。しかもこんなとこへ呼び出したんなら、奉行所の中じゃあできない話でもあるんじゃないか」

「そいつは？」

「さあな。さすがにそこまでは判らんけど、もし俺の憶測《おくそく》が的《まと》を射《い》てるなら、御番所の皆に聞かれたらマズい話だというより、俺らが呼びつけられたところを誰かに見られることすら憚るようなことがあるのかもしれないな」

「おい、そんなまさか……」

「じゃなきゃあ、上に逆らって好き勝手した平《ひら》同心相手に、わざわざこんな席を設けて招いたりはしないんじゃないか」

「いや、さすがに招かれたってのは……」

「呼びつけるか招くかは、その相手がどうこうってのもあるけど、どういうところへ迎えようとしてるかでも推《お》し量《はか》れるだろう——俺ら風情《ふぜい》の懐《ふところ》具合《ぐあい》じゃあ、とうてい自分らで敷居を跨《また》ぐことなんぞできそうにないこんな料理茶屋へ来いって言われたんだ。そう思ってもあながち間違いだとは思えないんだが」

「……」

裄沢の論法に圧倒されている様子の来合をよそに、裄沢は何かに気づいたようにふと視線を脇へ向けた。

「どうやら先方がお出《い》でなすったようだ——お前さんも肚を括《くく》っとけよ」

裄沢の言葉に来合が姿勢を正そうとしたちょうどそのとき、廊下との仕切りの襖の向こうで人が足を止める気配がした。

裄沢が到着したときと同じような料理茶屋の奉公人の声とともに、開かれた襖から顔を出したのは内与力の深元だった。

「二人とも揃っておるな」

深元が踏み込むと、そのまま襖は閉ざされる。してみると、本日の裄沢らの相手は深元独りのようだ。

裄沢と来合は、自分らの向かい側の席へ足を進める深元に深く頭を下げた。

「病で仕事を休んだにしては、二人ともずいぶんと元気そうだな」

上座で腰を下ろしつつ、深元はさっそく皮肉をぶつけてくる。

来合が返答に困っていると、隣から裄沢が淡々と返した。

「お蔭様《かげさま》にて」

驚いて隣に顔を捻り上げるが、裄沢は平然とした顔で深元を上目遣いに見ている。深元のほうも、己に返された応えに驚いてはいないようだった。

「ならば、もう出仕できそうよな」

「勤めに出ても、よろしいので？」

反問してきた裄沢を、深元はじっと見やる。

目を合わせたまま、しばらく沈黙が続いた。それを破ったのは、深元のほうだ。

「簡単には戻れぬことをやらかしたという、自覚はあるようだな」

「前もって唐家様と二人掛かりで、きついお叱りを受けておりましたので」

「にもかかわらず、そなたらはあのようなことをしでかした」

「あの折お約束した、こちらからは手を出さぬという言葉はしっかりと守ったつもりにございます」

「……誘いを掛けるようなマネもしてはおらぬと？」

「誘いも掛けぬとの約定《やくじょう》は致しておりませぬ——あれは確かにこちらで用意立てしたものにございましたが、それに乗ったのはあくまでも先方。どうしても乗らずには済まぬような無理強《むりじ》いは、いっさいしておりません。

このたびの返り討ちがこちらの段取りどおりに進んだことを否定はできませぬが、もし我らがこのようなことをせぬまま、ホンに偶然あの者にそれがしが見掛けられていたらどうなったでしょうか。我が命は、その後も永らえているとは思えませぬが。

そして、実際あの者が斬ろうとしたのは、我が姿を見失った後で偶々《たまたま》目にして代わりの獲物にせんと据え直した人物でした。斬らんとした当の相手を仕留められなかった鬱憤《うっぷん》を、何の罪科《つみとが》もない赤の他人を手に掛けることで晴らそうとするような者が、今後とも辻斬りを再開せぬと言えましょうや。

深元様や唐家様に自制を求められたとき、それがしは『この先、我らの目の前で同様のことを行おうとする振る舞いあれば、たとえお奉行様よりどのようなご下命あったとしても座視は致しかねます』と申し上げ、ご承知くださるようお願《ねが》い致しました。それに対しお二方は、我が考えを覆《くつがえ》すようなことはいっさい仰《おお》せではなかったと記憶しております。

こたびの我らの振る舞いが、あの折申し上げた我が言葉を違《たが》えるところは欠片《かけら》もないと判じておりますれば、後悔するようなつもりは全くございません」

言い切った裄沢の隣で、来合も口を引き結んだまま胸を張った。かように流《りゅう》暢《ちょう》に捲《まく》し立《た》てる弁舌はないものの、思いは裄沢と全く一緒であった。

しばらく裄沢を見据《みす》えた深元が口を開く。

「さような考えでおるならば、なぜに病を表向きの理由にして身を慎むようなことをした」

「自制を求められた際にお二方から諭されたように、表立って正しきことがそのまま通るとは限らぬという理不尽《りふじん》へ、承知の上であえて逆らったからです。我らは間違ったことをしたつもりはなくとも、それがきちんと『正しい』とご判断いただけるかどうかは、我らが決めることではございませぬゆえ」

「お奉行様より処分が下されるのは覚悟の上ということだな」

深元の問いに「もとより」と裄沢が応じた声がはっきりと聞こえて、来合も改めて覚悟を決め直した。が、裄沢の返答には続きがあった。

「ですが、我らをこのようなところへ呼んだということは、お奉行様には別のお考えがあってのことでは？」

「ほう？」

「我らを追放するなり隠居に追いやるなり、あるいは病による休みを認めず正式に謹慎を申し付けるというなれば、その旨《むね》申し渡す使者を組屋敷へ遣《つか》わすか、町奉行所へ呼び出せばよいだけのこと」

「では、なぜこんなところへわざわざ呼び出したと？」

「はて。さすがにそこまでは思い至りませぬが、あるいは御番所《ごばんしょ》で話すには都合の悪い何かがあるのでは、と──ただこれは、全くの思いつきにすぎませぬが」

裄沢の慧眼《けいがん》には、深元も苦笑するばかりである。

「では、その御番所の中でするにはあまり都合のよくない話を、これからすると致そうか」

そう言った深元の目つきからは、最前までの厳しさは消えていた。

三

二人のやり取りについていけない来合を放置したまま、深元は本題に入ろうとしていた。

困惑する来合の隣では、平然とした顔で裄沢が拝聴する姿勢になっている。

「我ら南北両町奉行所の下、この江戸の町家が三人の町年寄《まちどしより》によって纏《まと》められておることとは、町方同心を勤めるそなたらには今さら改めて確認するまでもなきことよな」

深元が視線を送ってくるが、いくら来合でもそれぐらいのことはわきまえている。あまりに当たり前すぎて、裄沢は頷《うなず》くことすらしていないようだった。

奈良屋《ならや》、樽屋《たるや》、喜多村《きたむら》の三家が、江戸において町年寄を代々勤める者たちである。

江戸の町人地には地主《じぬし》とか家持《いえも》ちと呼ばれる土地を所有する町人がいて、所有地の表通りでは商家に、その背後の裏店《うらだな》（裏長屋）では労働者階級の庶民層に土地や住居店舗を貸し出し、家主《いえぬし》や大家《おおや》と呼ばれる代理人を通じて地代や店賃《たなちん》（家賃）を徴収することで暮らしを立てていた。

こうした地主・家持ちを、「町」を単位に取り纏めるのが町名主《まちなぬし》で、江戸中の町名主を統率することによって江戸の町家全体（惣町《そうまち》と言う）を掌握《しょうあく》しているのが町年寄なのである。

老中や町奉行が江戸の町家に意向を行き渡らせようとする際には、この町年寄→町名主→地主→（大家→）一般の町人、という流れで通達がなされた。現代で言うなら土地建物に掛かる固定資産税《こていしさんぜい》に相当するような公益金《くえききん》などの上納についても、前記とは逆の流れで地主から町名主を経由して幕府へと納められる形が取られている。

「その町年寄に絡《から》んで、少々困ったことが出来《しゅったい》しておってな」

「はて。そのようなことがございましたか」

もの思わしげな深元へ意外そうに問うたのは、裄沢だった。

町奉行所から町家への通達に関わるのは主に町会所掛《まちかいしょがかり》の役目であるが、裄沢のお役である用部屋手附同心は、町奉行が発布するお触れの草案《そうあん》作成などを行っている。当然、町年寄の近況についても自然と耳に入ってくる立場なのだが、その裄沢も知らぬことのようだ。

ちなみに定町廻りの来合のほうは、市中巡回で町家の者らとは毎日直接触れ合うようなお役とはいえ、それは江戸の町を六分割したうちの自分の持ち場だけのことであり、せいぜいが受け持ちの中の地主や町名主の顔を見知っていて話をしたことがある、というくらいだった。

裄沢の問い掛けに、深元は難しい顔を向けた。

「内々では少し前から話はあったようだが、こちらまで漏《も》れ聞こえてきたのはつい最近のことでな」

「とは？」

深元は、「くれぐれも内密に」と釘を刺した上で二人に明かした。

「町年寄の樽屋だが、どうも隠居をするかどうかで迷っているらしい」

「今の樽屋は与左衛門《よざえもん》でしたな……もう五十を過ぎておりましたろうか。病を得たか、気力が衰《おとろ》えでもしたということでしょうか」

「歳は今年で五十五だが、いまだ十分元気であるし、まだまだ頑張ってもらわねば御番所としても少々困る状況でな」

「それを当人に伝えても、隠居する意向を変えないと？」

「こちらからは思い留まるよう働き掛けているゆえ、隠居しようにもなかなか最後の踏ん切りがつけられずに迷うている、といったところか」

「何か、当人が隠居を願うような理由が？」

「後見をしておる吉五郎《きちごろう》の周囲が、そろそろ当人を町年寄として一本立ちさせたいという意向を示しておる。そうした連中に神輿《みこし》を担《かつ》がれる格好で、本人もその気になってきておるようだ」

深元と裄沢のやり取りを聞いていた来合が、ここで「あの」と声を上げた。

「後見というのは？　吉五郎とやら申す者が次の町年寄と目《もく》されてるなら、当代の与左衛門という男はその父親ではないのですか」

この疑問には、裄沢が答えた。

「樽屋の当主として町年寄を務める者は、代々藤左衛門《とうざえもん》を名乗ってきた。吉五郎の父親は当代から二代前、確か十代目になる藤左衛門だ。

樽屋の家系は体の弱い者が多いらしく、十代目の父親もそうであったようだが、十代目自身もまだ四十にもなっていないうちに町年寄としてのお役が果たせなくなった。跡継ぎの吉五郎は当時まだ四、五歳ほどの幼児であったから、十代目が己の従弟《いとこ》を吉五郎の後見役に立て、その成長までの間十一代目として町年寄のお役を任せたと聞いている」

「じゃあ、当代の与左衛門ってえのが、その後見だと」

「吉五郎の父親は当代より二代前の町年寄だと言ったはずだ――吉五郎の後見となった十一代目の樽屋も、その後十年と経たずにお役を退《ひ》かざるを得ないような体になってしまった。吉五郎はこのときまだ十を超えたばかりというほどの歳だったから、さすがに町年寄の重責を担《にな》わせるわけにはいかない。

そこで樽屋の親戚一同は、播州《ばんしゅう》（現在の兵庫県《ひょうごけん》西部）へ養子にいったご先祖様の弟の一族から孫を江戸へ呼び出して、新たに吉五郎の後見役に就《つ》け、町年寄のお役を任せたということだ。それが今の樽屋与左衛門、江戸の町年寄に就任したときは、四十ほどの歳だったかと記憶している」

裄沢の説明を黙って聞いていた深元は、「さすがだの」と褒める。そして、己の知るところを付け加えた。

「吉五郎が後見をつけられ樽屋の跡継ぎと定められたのは四歳のとき。後見が今の与左衛門に代わったのは、吉五郎十一歳のときだ。それぞれの際の事情は、今裄沢が語ったとおりである」

　裄沢は、深元の褒め言葉を流して己の疑問を口にした。

「ですが深元様。その吉五郎も、もはや二十も半ばほどの歳には達しておりましよう。当人もやる気、今の町年寄も後を任せてもよいと考えているのならば、何の障《さわ》りもないように思えるのですが」

「そのことだがな……吉五郎は現在二十六歳、歴代の町年寄には二十歳《はたち》ほどの年齢で就任した者もおるし、なにより最初に吉五郎の後見となった十一代目――十代目の従弟――がその座に就いたのは二十三のときのことだった。歳を理由に、今の吉五郎の町年寄就任へ『待った』を掛ける根拠はない」

「にもかかわらず交代には賛成致しかねるとなると、当人の資質《ししつ》に疑念があるということにございましょうか？」

「ここだけの話、大名の跡継ぎとは違ってさすがに子供を町年寄の座に就けることはできぬが、若輩《じゃくはい》ゆえに多少頼りないところがあったとしても、周囲の扶《たす》けがあればどうにもならぬということはない。吉五郎が箸《はし》にも棒にもかからぬ者だとは、当御番所も南町《みなみのほう》奉行所も見なしてはおらぬ」

「ならば、吉五郎とか申す跡継ぎの取り巻きに問題が？」

「周囲の情勢が見えぬ者らゆえ、問題が全くないとは言えぬが、それも吉五郎の町年寄就任を拒《こば》むほど目に余ることではない――端的《たんてき》に言うと、今は時期がとても悪いのだ」

「時期、ですか？」

「喜多村のことは、そなたらも存じておろうか」

深元の言葉は二人に向けて発せられているようだが、顔は真っ直ぐ来合を見ていた。

「町年寄の喜多村にございますか」

そう問い返した来合は、何を言われているのか判らないようだ。代わりに、裄沢が推量を口にした。

「喜多村は不始末があり、十年ほど前に一度町年寄のお役を免ぜられている。その後、跡を継いだ者が再び町年寄に登用されたはずですが、その者では不足があるということでしょうか」

喜多村はこの物語より十三年前に十二代目が不始末をしでかして引責辞任。その三年後、先代の不始末の記憶がいまだ醒《さ》めやらぬうちに、跡を継いだ十三代目がまた不祥事を起こしたため、さすがにそのままにはしておけぬとお上から町年寄のお役を取り上げられていた。

とはいえ三家で切り回していた町政の重要な役割を残る二家だけに任せっ放しにしておくわけにもいかず、さらに四年後には喜多村の次代を十四代目として町年寄に復帰させている。この物語の当時には、十四代目の喜多村彦右衛門《ひこえもん》が町年寄としてお役に復帰していた。

「確かに喜多村は新たな者が町年寄の任に就いたが、これまでを見るに、あまりはかばかしい仕事ぶりにはなっておらぬようだ」

いったん町年寄を下ろされた後の足掛け五年の空白期間が長すぎて、新たに任じられた十四代目への仕事の引き継ぎに齟齬《そご》が生じていたのか、あるいは町年寄を免ぜられていた間に当主を支えるべき周囲の者らが離れてしまったなどの事情があったのかもしれない。

実際、この物語の時代の前後、十八世紀の後半から十九世紀の前半にかけて、奈良屋と樽屋は幕府より何度か報奨《ほうしよう》されているが、喜多村が評価された事例はほとんど記録に残されていない。

「ですが、復帰後の喜多村に大きな失敗《しくじ》りがあったとも聞いてはおりませぬが」

めざましい功績は挙げずとも大過なく仕事をこなしているなら、町政に支障は生じない。優秀な当代の樽屋が次代に跡を譲った直後には多少の混乱が生ずるかもしれないが、それは先送りしたとてなくせるものではない以上、樽屋の代替わりを引き止める理由にはならないはずだ。

が、そうせざるを得ない事情について、裄沢には一つだけ心当たりがある。

「このところ奈良屋が病がちだと耳にしておりますが、あるいはだいぶ悪いのでしょうか」

深元は、苦い顔をして頷く。

「樽屋より先に奈良屋から、病身ゆえ後継に座を譲りたいという話が出ておった。しかも、その跡継ぎである嫡男は、いまだ十六の小僧だ」

「……これまでの樽屋のように、いったん町年寄のお役を預けておけるような縁《えん》戚《せき》は、奈良屋にはおらぬのでしょうか」

「難しいようだな。我らからすると、それだけの才を持った者が一人もおらぬとは考えにくいのだが、当代の奈良屋が息子以外に跡を継がせるわけにはいかぬと頑張っておる。こちらからもいろいろと言ってやっておるのだが、頑《かたく》なに耳を貸そうとしないような有り様での」

才覚ある者は、当然のことながら利に聡《さと》い。いったん大きな地位を得たなら、それを本来の後継者にきちんと返すか、それとも様々に画策《かくさく》して己の地位を保ち、自身の子孫で代を繋ごうとしていくか――それは才覚とは別途の、人格や品性の問題となる。

当代の奈良屋の目に適《かな》う人物が実際に奈良屋の周囲にいないのか、あるいは奈良屋が猜疑心《さいぎしん》に囚《とら》われて正しく人を見る目を失っているのか。いずれにせよ、いくら町奉行とはいえ代々続く町年寄の跡目相続を無理矢理決めさせることはできずにいるということだろう。

「広二郎、ちょっと待て。なんで樽屋の代替わりに奈良屋のそれが絡んでくる?」

疑問を覚えた来合は、深元には問えずに裄沢へ訊いた。

「江戸の町を預かる町奉行所は、町年寄を通じて様々な施政《しせい》を行っているが、その町年寄は三家のみだ。どこか一家が頼りなくとも、他の二家がしっかりしていれば、たいていのことは何とかなる。

だが、一家が途中断絶した影響から立ち直っておらず、他の二家がいずれもその座に就いたばかりで経験の浅い者となれば、何かあったときに満足な対応が取れぬ懼《おそ》れがある」

裄沢の説明に、深元も付け加える。

「町年寄は町人とはいえ、大所高所《たいしょこうしょ》からものを言うお上の意向を下々《しもじも》へ伝えるのが仕事ゆえ、その立場は御番所に近いものがある。八百八町と称される江戸の町をそれぞれ取り仕切る町名主、あるいは表店《おもてだな》や裏長屋の貸し主である地主といった町人たちを直接取り纏める者らとは、同じ町人であっても当然のようにものの見方が違ってくる」

深元は町年寄と、町名主や地主・家持ち層との間には利益相反《りえきそうはん》があると指摘し、結論を口にした。

「上が覚束《おぼつか》ない者ばかりでは、こうした意見の違う者らをしっかり従わせることはできまい」

「喜多村が頼りにならず、奈良屋も跡継ぎが若輩となりゃあ、残る樽屋だけはしっかりしていてもらわねえと困るってことですか」

「まあ、そうだな。定町廻りも臨時廻りも頼りにならないようだと、その面々が受け持つ町々が騒々しくなるってのと一緒だろうな」

現実に、奈良屋はこの翌年、十七歳の十代目が就任する。深元らが覚えていた危機感は、切迫したものだったのだ。

四

来合が得心したところで、裄沢は深元へ顔を向け直した。

「で、町年寄の近況は承《うけたまわ》りましたが、我ら二人を呼んだのは、それをどうせよとのお指図にござりましょうか」

「樽屋から詳しい事情を聞き取り、できるなれば今の十二代目与左衛門に隠居を先延ばしするよう、説得してもらいたい」

「御番所に当人を呼んで、深元様らがご自身でそれをやらぬのは？」

問われた深元は苦い顔になる。

「内々では、こちらの意向を何度も先方に示しておる。にもかかわらず、吉五郎に跡を継がせるべきかと迷うておるのが当代の与左衛門の今の心持ちよ。さらに強くものを申しても、効果はあるまいというのがお奉行様をはじめ我ら内与力も同意するところの判断だ。

付け加えれば、いかに町年寄の交代がご老中の許諾がなければできぬこととはいえ、見方を変えれば町人の代替わりでしかないとも言える。これ以上強く言ってやるとなると、与左衛門はともかく吉五郎を後押ししている面々からの反発が大きくなり、樽屋自体が後々面倒を抱《かか》えることになってしまうことが危惧されての」

「……すでに、その連中からの反発はあると？」

「我らとしては、与左衛門がお役を続けてくれるとなっても、樽屋が仕事のやりづらくなるような形勢にしたいわけではないからの」

「さような難しい話を、我らにどうにかせよと」

「そなたらが病に託《かこつ》けて身を慎んでおる一件の事態収拾ほどには、難しくはないと思うが」

平然と見返しながら言ってきた深元へ、話題がずれたのはいい機会だと裄沢は別の問いを発した。

「今のお指図をお受けするかはともかく、もしお話を承って我らが動くとなれば、深元様ご指摘の『病に託けて身を慎んでいるほうの件』の相手先は、お奉行様をはじめとする北町奉行所が我らを無罪放免にした、と受け止めるのではございませんか」

「お指図を受けるかどうかはともかくとは、どういうことか。お奉行様からのご下命であるぞ」

「お話を伺《うかが》った限りでは細心の注意を払った上での振る舞いが必要となる案件のように思えます。我らには荷が勝ちすぎると判断される場合や、あるいはいったんお受けした後であっても、これ以上手を出すと事態の悪化を招きかねぬとなった場合は、手を退くことになろうかと存じますが」

「やってみて駄目であれば、それはそれで仕方がない。そなたらから報告を受けてその判断に得心できれば、さらなる手出しは求めぬ。なれど、やりもせぬうちに諦めることは許さぬぞ」

「それは、探りも入れずに放り出すようなことは致しませぬが……念押しになりますけれど、我らが動いてよろしいので？」

「そうでなくば、このような用事でわざわざ呼び出したりせぬわ」

そう答えた深元を、裄沢はじっと見る。深元も無言で見返した。

このようなことでわざわざ呼び出したりはせぬ——つまりは、もし裄沢らが表立ってではなくとも町奉行所のお勤めを再開したのを、『病に託けて身を慎んでいるほうの件』の相手先が感知し不快を示してきたとしても、跳《は》ね除《の》けるつもりであるとの意志の表明だった。

自分らの意気地《いくじ》で勝手に動いた配下にここまでの庇護《ひご》をしてくれるとの気概《きがい》が示されたことに、庇《かば》われる立場の裄沢として応えぬわけにはいかない。

裄沢は、一つ息をついてから深元の指図への返答をした。

「判りました。どこまでできるかはともかく、我らで当たってみましょう」

裄沢がそう判断したからには、来合にも否《いな》やはなかった。


深元は、裄沢ら二人を座敷に残して先に料理茶屋を出た。おそらくはそのまま北町奉行所へ戻って自身の仕事に取り掛かるのだろう。

幕府の役職の中でも最激務と言われる町奉行の仕事を補佐するのが内与力であり、本来三人が定員であるのに二人しか置かれていない状況からしても、普段からかなり多忙を極めているはずだ。

そんな人物に、わざわざ自分らのために足を運ばせたことには、申し訳ない思いがあった。たとえ先方の都合からの振る舞いであったとしても、自分らはお奉行と内与力二人の判断で救済される途《みち》が示されたのであるから。

裄沢と来合は、深元とともに料理茶屋を出て、急ぎ足で去っていくその背中を見送った。

「で、これからどうすんだ」

裄沢と同じものを覚えているのか疑わしいようなノンビリした声で、来合が問うてきた。

とはいえ、この鈍感男に共感を求めても無駄であろう。

「お前、十手《じって》は家に持ち帰っているか」

十手は本来町奉行所の備品であり、捕り物の際などに所定の保管場所から持ち出して携帯する物である。

ただし定町廻りなどの廻り方は、市中巡回などの普段の仕事から携帯することが求められているため、家に持ち帰るのをうるさく咎められることはなく、実際そうしている者も少なくはなかった。

というのも、非番や帰宅後の夜間であっても、殺しや押し込みなどの非常の騒ぎが起きれば御用聞きが直接自宅へ急報を告げに来るような事態も十分想定されるからだ。そういった場合、通報を受けた廻り方の同心は自宅から現場へ直行することが間々《まま》行われた。

そうしたことも考えると、十手は自宅に持ち帰っていたほうが都合がよかったのだ。

一方、内役《うちやく》（内勤）の裄沢のほうは、朝奉行所に出仕したらずっとその建物の中での仕事となるため、日ごろは十手などに、まず触れることもないのだが。

裄沢に問われた来合は、懐から布の細長い包みの先端だけ出して見せた。

「ああ、今日はこうやって持ってきたけどな――そのまんま、返上しなきゃならないかもと思ってたからな」

町奉行所の十手は長さや太さなどに統一した規格があったわけではなく、いくつかの種類が用意されていた。荒事《あらごと》になると予測される捕り物の際には、脇差《わきざし》と変わらぬほどの長さと、打ち合わせれば刀のほうが容易に折れるほどの頑丈さを備えている物に、わざわざ持ち替えることもある。

逆に変装しての探索を専《もっぱ》らとする隠密廻りは、万が一の際の身分の証《あかし》となればいいだけの目立たぬ小さな物を、布袋に包んで隠し持つようなことをした。

来合が裄沢に見せたのは、その隠密廻りが携帯する物に近い小ぶりの十手のようだ。おそらく来合は、奉行所の往《い》き帰りと家ではこの小さな十手を所持し、出仕して市中巡回する際には通常の長さ太さの物に持ち替えているのであろう。

来合が示した懐の袋をチラリと見た裄沢は、「ならそのまま行こうか」と告げて歩き出した。

「直《じか》に当たるつもりかい」

遅れて後に続きながら、来合が問う。

「ああ。おおよそのとこは聞いたけど、それだけじゃあ、当代が心の内じゃあどう思ってるのか、次代の取り巻きが何を考えてるのかとか、はっきりしたとこは摑《つか》めない。周囲から噂を掻《か》き集めようとしたって、代替わりにまつわるゴタゴタの話じゃあ、みんな隠されちまってホントのことなんか出てきやしないだろう。なら、直接当人にぶち当たるのが、一番手っ取り早いだろうさ」

いつもであれば、来合が取ろうとして裄沢に止められるような手立てに思える。

しかしそうであるからこそ、来合に他の案が浮かぶはずもない。黙って幼馴染みの後に従うことにした。

お上の御用を承る町年寄や町名主は、公儀より屋敷地を拝領している。町年寄三家の拝領地は、北町奉行所がある呉服橋御門《ごふくばしごもん》の一つ北側、常盤橋御門《ときわばしごもん》からお濠《ほり》を越えてすぐの本町《ほんちょう》に与えられていた。

本町通りの西から東へ順に一丁目から三丁目と並ぶ町並みの、通りの南側の区画がそれぞれ奈良屋、樽屋、喜多村に与えられた土地である。三家は本町通りに面した表店を商家に貸して地代を得、自身の住居と町年寄役所の機能を合わせた屋敷をその裏側に建てていた。

樽屋の住居兼町年寄役所は本町二丁目、裄沢らが深元と別れた料理茶屋からは通町の大通りを北上して日本橋を渡った先の左手になる。二人は本町通りに達する手前で道を左に折れ、樽屋の建物の入り口へと向かった。

樽屋の町年寄役所では、手代をはじめとする何人もの奉公人が黙々と仕事をしていた。武家と町人の違いはあるが、裄沢には己の働く御用部屋《ごようべや》を思わせるような様子に見えた。

が、同行した来合はまた違った印象を受けたようだ。

「もっとお役所っぽいとこかと思ってたけど、案外商家みてえな感じもするんだな」

来合の見ている一画に目をやると、確かにどこぞの問屋のような風情も見られる。

「そりゃあ、樽屋は他の二家と違って、升座《ますざ》も兼ねてるからだろうな」

「升座？」

「一升升《いっしょうます》なんぞの製造販売をやる本家本元さ」

長さ、重さ、容積を示す度量衡《どりょうこう》は、経済活動を成立させるための基本項目である。一寸や一尺といった長さ、一匁《いちもんめ》や一貫《いっかん》といった重さ、一合《いちごう》や一升といった容積の単位が決められていても、それを正確に測れず（あるいは誤魔化しを見逃して）バラバラなまま放置しては、商品の信用が得にくく円滑な取引の足を引っ張ることになる。

物々交換による直取引《じかとりひき》が主流の原始的な経済交流しかなければさほど問題は生じなくとも、多くの品が日《ひ》の本六十余州《もとろくじゅうよしゅう》の津々浦々《つつうらうら》を行き交うほどに経済が発展している社会では、致命的な欠陥になってしまう。

そこで、特に「ぱっと見」で判断のつけづらい重さと容積については、基準とすべき道具をお上が定めたところで独占的に取り扱わせることにした。これが、秤《はかり》の分銅錘《ふんどうおもり》を取り扱う彫金御用達《ちょうきんごようたし》の後藤四郎兵衛《ごとうしろべえ》家（金座《きんざ》の後藤庄三郎《しょうざぶろう》家とは別の家筋）であり、升を取り扱う樽屋とされていたのだ。

「ふーん。樽屋ってなぁ、町年寄だけじゃあなくってそんなこともやってたのかい」

「町年寄といっても任される仕事はいろいろだ。昔は、代官所に代わって上水道の流れの保全を承ってた時期もあると聞いてる——もっともこれは、町年寄三家みんながやってたことらしいけどな。

三家のうちの一つだけ、しかも代々に亘《わた》って他とは違うことをずっとやらされてきたっていうのは、確かに珍しいかもしれないな」

そんな話をしていると、樽屋の手代らしき男が見慣れない着流しの侍二人に近づいてきた。

「なにか、町年寄の樽屋に御用でございますか」

「ああ。それがしらは、北町奉行所同心の裄沢と来合と申す者だ。樽屋与左衛門殿がおられるなら、少々話をさせてはいただけぬかと参った次第」

手代は、町方同心と聞いて恭《うやうや》しい態度を取ってきたが、頭を下げつつもしっかりと問うてきた。

「御番所のお役人様にございますか——で、お約束は？」

「我らもつい先ほどご用命を受けたばかりでな。忙しくしておるならば、都合のよいときに出直してこよう——ああ、こちらの用件は、樽屋殿から御番所に申し入れておる意向に関し、いくつか聞きたいことがあると伝えてもらえれば判ると思う」

手代は裄沢のもの言いに不審を覚えているようだが、それでも相手が町方役人を名乗っているということもあり、いちおうは確認すべきとその場に二人を待たせて奥へ引っ込んだ。

町年寄は町人身分であっても、将軍が法事で菩提寺《ぼだいじ》へ出向くときなどにはお目見《めみ》えが叶い、代替わりに際しては老中の裁可がいるという格式ある家柄である。武家の末席に引っ掛かっているとはいえ、将軍御成《おな》りの際に公にお目に触れることはなく順路近辺の整理警戒に動員されるのがせいぜいで、嫡男をお役に就かせるにもお奉行やその配下である年番方《ねんばんかた》(所内の経理や人事などを担当)の判断で採用が決まる町方同心とは、扱いが違っていた。

――こりゃあ、まともには会ってもらえそうにないか。

裄沢がそう諦めかけたとき、対応した手代が戻ってきた。

「お待たせして申し訳ございませんでした。どうぞこちらへ」

そう言って、案内しようとする。

「樽屋殿がご自身でお会いくださろうか」

「はい。お話を伺うと申しております」

はっきりと、そう返事をしてきた。

裄沢と来合は黙って顔を見合わせたが、そのまま手代の案内に従った。

五

案内された座敷でしばらく待たされるであろうと予測していたが、部屋に入ってみるとすでに座して待っている男がいた。がっしりとした体格で顔の作りもいかついが、目の下には黒々とした隈《くま》ができている。

「樽屋与左衛門にござります」

そう言って頭を下げた男は、五十五と聞いた歳よりいくぶんか老《ふ》けて見えた。応じて名乗りを上げた裄沢と来合を、樽屋は見比べる。

「確か裄沢様は用部屋手附、来合様は本所・深川《ふかがわ》を受け持っておられる定町廻りのお役にございましたな」

「我らのことを、ご存知と？」

月番《つきばん》（南北両奉行所がひと月交替で受け持つ新規案件の担当月）のときには、月のうちに三度、町年寄は内寄合《うちよりあい》と呼ばれる町政の合議のために北町奉行所へやってくる。その際に樽屋の顔を見掛けたことは何度もあるが、ただの下僚である裄沢は町年寄に紹介されたことはなかった。

「北町で最もお若い廻り方と、内役ながらなかなかの切れ者と評判のお方にございます。おふた方とも、手前のような者の耳にまで達するほどのご活躍にございますれば」

「町年寄を勤めるほどのお人に世辞《せじ》を言うてもらえるとは、面映《おもは》ゆいものにござる」

「いやいや、口先だけでものを申しておるつもりはございませんぞ」

冒頭の挨拶《あいさつ》やお追従《ついしょう》はそこそこに、裄沢は本題を切り出した。

「ところで、それがしが口にした言伝《ことづて》は聞かれたか」

「……はい。何ですか、手前のほうから御番所へお伝えしている事柄《ことがら》について、お訊きになりたいことがおありだとか」

「その中身についても、ご承知と思うてよろしいか」

「取り違えておっては互いに無駄なときを費やすことにもなりかねませぬが」

「我らは、内与力の深元様のご下命——まず間違いなく、お奉行様のご意向も受けて、ここへ参ったと申さばよろしいか」

樽屋はじっと裄沢を見てから、ようやく次の言葉を発した。

「吉五郎のことにございますな」

「吉五郎殿のことでもあり、目の前の樽屋与左衛門殿のことでもあると存じておるが」

樽屋は、肚を決めたように真っ直ぐ裄沢を見た。

「で、何をお訊きになりたいのでしょうか」

「与左衛門殿は吉五郎殿に後を任せ、町年寄のお役を降りたいとの意向を当御番所へ告げていると聞いたが、これはご本心か」

「御番所に対し、このような大事について、なんで嘘偽《うそいつわ》りを申しましょうか」

「言い方が悪かったかな——吉五郎殿へ早々に町年寄のお役を譲りたいというのは、与左衛門殿が町年寄で在り続けようとする気持ちがなくなったからであろうか」

「……吉五郎が、町年寄として立つ意思をはっきりと示したからには、すっぱりと返してやるのが手前のなすべきことと存じております。手前は吉五郎が育つまでの後見にすぎず、樽屋の正当な血筋は吉五郎にございますから」

「今の吉五郎殿に、この大任が務まると？」

「吉五郎は当年取って二十六歳。手前の一つ前の後見役がその任に就いたのが二十三のときにございました。なれば年が若すぎるということもございますまい。

また吉五郎は、生まれながらの樽屋の跡取り。幼少の砌《みぎり》より、町年寄になるための教えは様々な者より十分に受けてきております。若輩なれど、町年寄として大いに不足するということはございますまい」

「大いに不足することはないとの言葉は、わずかであっても不足するところがあり得るとの考えに聞こえるが」

「それは、いかにそれまで備えてきたとて、新たな任に就く、それも町人としては最も重いとも言えるお役を初めてこなそうとするからには、歳やそれまでどれだけの修練を積んできたかにかかわらず、多少の不足や失敗りは生ずるものではございませぬか。

また、それが大ごとにならぬように支えるのが周囲の務め。この樽屋は東照《とうしよう》大権現《だいごんげん》（徳川《とくがわ》初代将軍家康《いえやす》）様のころより代々続く町年寄にございますれば、それができぬほど人に困ってはおりませぬ」

なるほど、と応じて供された茶を口にした裄沢は、改めて口火を切り直す。

「では訊く。町年寄は三家あるが、それぞれ自身の家のことだけできておればよいのか。他の家の足りぬところを、互いに補《おぎな》い合《お》うてきたゆえ、大権現様のころより三家皆が断絶することなく今日まで続いてきたのではないか」

「それは……」

「今のこのとき、樽屋が吉五郎殿に代替わりして、三家の町年寄はいずれも恙《つつが》無《な》くお役を全《まつと》うしていけるのであろうか」

「……吉五郎がもう自身で町年寄をやれると申しており、周りを固める者らも同意しているからには、その覚悟は十分あるものと存じます」

「吉五郎殿やその取り巻き連中がどう言っているかではなく、与左衛門殿、そなた自身からはどう見えるかを訊いているのだが」

「手前はもともと、播州の小さな町で町人どもを纏めるだけの家筋の者にございますれば、公方様《くぼう》（将軍家）のお膝元《ひざもと》で惣町を束ねる江戸の町年寄に適任かどうかを判ずるなど分不相応な田舎者《いなかもの》に過ぎませぬ。そのようなお尋ねはご容赦《ようしや》いただきたく」

「その江戸の町年寄に就任してわずか五年でお上よりお褒めいただくほどの成果を上げられた御仁《ごじん》とは思えぬもの言いであるが。今はさらに十年、大過なく町年寄の勤めを果たしておられよう。なればその申し条は謙遜《けんそん》としか受け止められぬが」

天明《てんめい》五年（一七八五）に吉五郎の後見として町年寄の任を預かった当代の樽屋与左衛門は、その五年後の寛政《かんせい》二年（一七九〇）、札差仕法《ふださししほう》改正に従事して、限定された場所のみではあるが、奈良屋とともに帯刀を許されるという褒美《ほうび》を与えられている。

そしてこのとき樽屋与左衛門は、単なる屋号《やごう》ではなく「樽」という苗字を名乗ることが許された。町年寄筆頭の奈良屋が苗字を許されるのはこれより四十年以上も後になることからしても、当代の樽屋与左衛門がどれだけ高く評価されていたかが判ろう。

裄沢の厳しい追及に、樽屋は溜息をついた。

「北町奉行様に代替《おだぎ》わりのお願いを申し上げたときも、そこまではっきりとしたことはおっしゃられませんでしたが」

「騒《こと》ぎを大きくすることなくそれをやらせたいがゆえに、我らがここへ差し向けられたと思ってもらいたい——ほれ、それが証にこのとおり、我ら二人ともに町方装束を身に着《つ》けてはおらぬ」

裄沢はそう言いながら、袖口《そでぐち》を摘《つ》まんだ左手を横に伸ばして見せる。そして、補足の言葉を口にした。

「深元様は――ということは、お奉行様も同じお考えだと思うて間違いなかろうが、無理矢理にそなたを今のお役に留めることで却《かえ》って樽屋の仕事が難渋《なんじゅう》するようになるのを危惧しておられる。

そなたを勤め続けさせたがために、次の代を担う吉五郎殿やその周囲の者らから反発を買い、中でギクシャクしてしまったのでは本末転倒だからの」

「それで普段着の――つまりはお奉行所から表立った使者としてではなく、ふらりと立ち寄られたとしておふた方が見えられたと」

「まあ、そういう体裁《ていさい》を取ったというだけではあるがな」

「お気遣いはありがたく存じますが……」

「もはや、お奉行様のご配慮も受け入れられぬか」

樽屋ははっきりと返答しなかったが、その態度が衎沢の問いへの肯定を表している。

「吉五郎殿は、どうなのだ」

「どう、とおっしゃいますと？」

「己は当然できるものと、自信満々で町年寄の座に就きたいと申しておるのか。それとも、たとえばそなたやそなたの周りの主だった者らへの反発から、とにかく自分でやりたいようにやると意地を張っておるだけなのか」

樽屋は言葉を選んでいたのか、わずかに考えてから返答を口にした。

「当人にどこまでの自信があるのか手前では測りかねるところがございますが、少なくとも吉五郎の周りにおる面々は、もう町年寄をやらせても何ら支障は出ないと思っているようにございますな。

吉五郎が手前や手前をよく手助けしてくれている者らをどう思っているかも、むしろ当人にお尋ねいただいたほうがいいかもしれません」

「話を聞いていると、どうにも与左衛門殿と吉五郎殿の間が上手くいっているような気がせぬのだが」

「本家の跡取りとその後見人で親戚筋とはいえ、それもずいぶんと遠い間柄。血筋で言えば手前よりもずっと近い者が幾人もおります。吉五郎と手前の親密さを推し量るに、まあその程度の間柄だということを念頭に置いていただければ、何の不思議もないものと存じます」

武家だけではなく商家などの町人も、婚姻においては家格や資産などで釣り合いが取れるかを考えて縁を結ぶ。

町年寄の跡継ぎともなれば、同じく町年寄を勤める二家や、金座や銀座など幕府からの仕事を受けている面々のうちの主だった者、江戸の初期からの由緒ある町名主といった縁で多くの繋がりがある。そうした者らが自分らだけの集まりを催《もよお》したり、そこまでではなくとも外には秘す情報を交換するような共同体意識を持っていておかしくはない。

当人が単身上方《かみがた》から出てきたような男では、皆を率《ひき》いどれだけ活躍しても、「ここから内側には踏み込めない」というような領域があるのかもしれなかった。

「吉五郎殿には、そなたが仕事を教えているのか」

「手前が教えることももちろんございますが、それも今は向こうが訊いてきたときぐらいになりました。それだけ、町年寄の仕事も憶えてきたということにございます。

このごろは若い手代と一緒になって動いていることが多いようで。まあ吉五郎の代になりましたら、そうした者らが脇を固めていくことになりますので、当然のことではございますが」

状況を話すのに付け加えられたひと言ずつは、自分と吉五郎の関係悪化を誤魔化す言い訳のように聞こえた。

「その吉五郎殿は今は？」

「はて。吉五郎にもお話があるなれば呼びますが」

「今何をやっているかは承知しておらぬと」

「もはや子供ではございませんから、そばにいていちいち目を配っているわけではありませぬ。吉五郎は吉五郎なりに、自分でやるべきことを見つけて懸命に働いておりますので」

そう言った樽屋は、手を叩いて奉公人を呼び、吉五郎が今どうしているかを問うた。

いったん下がった奉公人はすぐに戻ってきて、主に耳打ちする。

樽屋は奉公人を下がらせると、裄沢らに頭を下げてきた。

「申し訳ございませぬ。吉五郎は出掛けているようです――行く先は判っておりますので、当人にお訊きになりたいことがおありなら呼び戻しますが」

「いや、そこまでしてもらうことはない。必要とあれば、またこちらから足を向けさせてもらう――本日は急に押し掛けて申し訳なかった。仕事の邪魔をしたな」

「いえ、お構いも致しませんで」

そう言い合った後、裄沢らはそのまま席を立った。

六

樽屋の町年寄役所を出た裄沢と来合は、揃って東へと足を向けた。こたび深元を通じてお奉行より出されたお指図は、病を理由に出仕していない今の状況のまま遂行するよう申し付けられている。

憚るべき相手のことをいったん別にして考えると、奉行所の皆に隠れて内密に動けというより、おそらくは普段の仕事から離れたままこれに専念させたほうが都合がよいという判断なのであろう。それだけ、町奉行所としても切羽詰《せっぱつ》まっているということなのかもしれない。

なので二人は町奉行所へは向かわず、己らの組屋敷のある八丁堀《はっちょうぼり》を目指そうとしているところだった。

「あの樽屋って男、なんか具合《ぐえぇ》が悪そうだったたなぁ」

役所から離れたところで、来合が先ほどのやり取りを持ち出してきた。

「ああ、あまり顔色はよくなかったたな」

「代替わりのゴタゴタで、相当参ってるのかねえ」

「俺には、そっちのほうはもう半分諦めてしまってるように見えたな。むしろ、吉五郎に後を譲ってから起きそうな厄介ごとのほうに頭を痛めてるのかもしれない」

「深元様から聞いた話からすりゃあ、樽屋と奈良屋が揃って歳若で慣れねえ者になると、何かあったときゃあ右往左往《うおうさおう》することとんなりそうだしな」

「周囲や下の者らからそんなふうに不安に思われれば、纏まりがつかなくなるところも出てくるのが困る」

「ゴタついてるとこぉ狙って、悪さしようなんて野郎も必ず出てきそうだしな」

「ああ、まず間違いなく、そういった連中は現れるだろうよ」

「で、次はどうする。日を改めたようだけど、すぐに吉五郎と会って話すのかい」

この問いに裄沢が答えようとしたところで、後ろから「あの」と声が掛けられた。

振り向いてみると、樽屋ほどではないがその手代たちよりは上質な着物を身に着けた男が、近づいてきて小腰を屈めた。来合が警戒していなかったことからすると、どうやら自分らの内輪話《うちわばなし》までは聞かれていないようだ。

歳は三十をゆうに超えていそうだから、これが樽屋の吉五郎ということはあるまい。

「北町の絎沢様と来合様とお見受け致します。手前、東日本橋は松島町《まつしまちょう》で町名主を勤めさせていただいております七兵衛《しちべえ》と申します」

「確かに絎沢と来合だが、松島町の名主が我らに何用だ」

来合が厳しい表情で問うたのへ、いったんは臆した七兵衛だったが、それでも退き下がることなく口上を述べた。

「このようなところで突然お呼び止めして申し訳ございませぬ。おふた方が、樽屋様の町年寄役所にご用事でお見えになったと聞いたものですから」

「確かに樽屋を訪ねた帰りだが、それがどうかしたか」

「あの、不躾《ぶしつけ》なことをお尋ね申します。絎沢様方のご用件は、樽屋様のお代わりに関わるものにござりましょうか」

己の問いに来合が眉《まゆ》を顰《ひそ》めたのを見て、七兵衛と名乗った男は慌てて言葉を足した。

「いえ、手前どもは吉五郎殿の町年寄就任がきちんとお上からお認めいただけるかが心配なだけでして——なにしろ南北のお奉行様おふた方がいずれも、樽屋様の代替わりにあまり乗り気ではいらっしゃらないという噂を耳に致しましたので」

「ほう。するとそなたは、吉五郎殿の後ろ楯《うしろだて》となっておるのか」

「吉五郎殿には、当代の町年寄である与左衛門様という立派な後見役がおられます。手前のような町名主程度の者が後ろ楯などとは、畏《おそ》れ多《おお》いことで。ただ手前どもは、吉五郎殿がごく幼いころからずっと樽屋様に親しくしていただいておりますので、代替わりが上手く進むかを案じておるのでございます」

「なるほど。樽屋殿には町名主を勤める親戚筋も少なからずあると聞いておる。そなたらが樽屋殿の跡目を気にするのはしごく当然のことであるな」

得心した様子の裄沢に、七兵衛は軽く頭を下げる。

「このようなことを、手前のような者が町方のお役人様にお尋ねするのは甚《はなは》だ僭《せん》越《えつ》とは存じますが、かような者らの心情をもし斟酌《しんしゃく》いただけますなら、お教えいただければと存じます――裄沢様、北町奉行所《きたのごばんしょ》では、いまだ吉五郎殿の就任は時期尚早《じきしょうそう》だとお考えのままなのでございましょうか」

裄沢はちらりと来合と目を合わせた後、七兵衛の問いに答えた。

「そなたは当御番所のお奉行様が樽屋殿の代替わりに難色を示しておるという噂

を聞いたとのことだが、それは誰が語ったものだ？」

「誰からとおっしゃられましても……噂にございますから、どこからともなく、いろいろと耳に入ってくることがあると申しますか……」

「噂などというものはその程度で、眉に唾《つば》して掛からねばならぬということよな」

「え？　では、違いますので？」

「それがしのお役は用部屋手附同心。お奉行様がお出しになる様々な通達など書面の元を作るのがお役目の一つである」

「はあ……」

「その中には、お奉行様がご老中への上申をなさるときの物もある――町年寄の代替わりには、ご老中のお許しが必要であることはそなたも知っておろう」

「ええ、では？」

樽屋の代替わりの話が町奉行所の中でどうなっているのか気配だけでも探れればと考え、思い切って声を掛けたのが、どうやら望外の「当たり」を引き当てたようだと七兵衛は喜んだ。

裄沢は七兵衛の言葉にしない問いを無視して、己の存念を口にする。

「ついては、吉五郎殿からも話を聞ければと思うておったところでな。七兵衛とやら、そなたはどうやら吉五郎殿とは親しい様子。なればちょうどよい、吉五郎殿をそれがしと引き合わせる労を取ってはくれまいか」

「はい、お任せくださりませ。必ず吉五郎殿に伝えてお連れ致しますので」

ただ下書きを行うだけとはいえ、町奉行が発する文書を作成する人物からの願いを、七兵衛は喜んだ。樽屋の代替わりの件で話を聞きに来たとなれば、この同心がその件について老中への上申書を起草すると見なしてまず間違いはなかろうからだ。

この裄沢という同心は楽観視しているようだが、今樽屋で町年寄をしている与左衛門がすぐにお役を返上するかは予断を許さないと思っておいたほうがよい。であるからには、裄沢という同心には吉五郎についてよい印象を与えておかねばならない。

――吉五郎殿には、よく言い含めておかなければ。

裄沢とにこやかに応対する裏で、七兵衛はそんなことを考えていた。

「では、よしなにな」

「はい。道端《みちばた》で突然お呼び止めして、大変失礼致しました」

「ああそれから、それがしは今この件に専念するよう言われていて、御番所のほうには居ないことのほうが多い。吉五郎殿との面談の段取りが調《ととの》ったら、その報《しら》せはそれがしの組屋敷のほうへ届けてもらいたい」

樽屋の町年寄役所を訪れた二人はいずれも町奉行所の同心でありながら、町方装束を身に着けていないことに若干の不審を覚えていた七兵衛だったが、この言葉を聞いて安堵《あんど》した。内密にしている件とはいえいまだ奇妙に思えてはいるけれど、報せる先が八丁堀の組屋敷となれば身分に偽りのあろうはずがない。

――樽屋の町年寄役所でも、不審な者の扱いは受けてなかったしな。おそらくは樽屋の奉公人の中に、この同心の顔を見知っていた者がいたに違いない。

そう結論づけて、吉五郎と会わせる段取りを思案し始める。

裄沢は己の組屋敷の詳しい場所を伝えて、七兵衛と別れた。七兵衛は、裄沢たちが遠くへ離れるまで腰を折って見送った。

「さっきお前さんが訊いてきたことだがな」

再び来合と二人になった裄沢は、足を進めながら隣へ話し掛けた。

「ん？　何だ。樽屋と話した後は、吉五郎に会うのかって訊いたことかい」

「ああ、いずれそうするつもりだったが、その前にやらねばならぬことがあると考えていた。そこに、先ほどの七兵衛とかいう町名主の登場で、どうやら吉五郎とは早々に会うことになりそうだ。

とすると、吉五郎と会う前にやっとくことのほうは急ぎ仕事になる」

「その急ぎ仕事ってえのは？」

こたびはあまり得手《えて》とは言えなさそうな仕事で裄沢任せになるかと思っていた来合は、自分にも出番が来たかと意気込んだ。

「吉五郎とその主だった取り巻き連中それぞれの、為人《ひととなり》を知りたい――無論、ことに急ぎとなるとお前さんじゃあ無理だろうから、お前さんから西田《にしだ》さんや入来《いりき》さんあたりに手伝ってもらえるよう話を繋いでくれるとありがたい」

西田小文吾《こぶんご》と入来平太郎《へいたろう》は、来合と同じ北町奉行所の定町廻りである。西田が日本橋川より北を、入来が南側を持ち場としている。

「西田さんは判るが、入来さんもかい？」

来合がそう問うたのは、樽屋をはじめとする町年寄三家の役所のある日本橋本町が、全域西田の受け持ちの範囲に入っているからだ。

「樽屋の跡取りである吉五郎の取り巻きとなると、草創名主《くさわけ》（家康が江戸の町造りを始めた最初期からの町の名主）や古町《こちょう》名主（三代将軍家光《いえみつ》の時代までにできた町の名主）、あるいはお上お抱えの職人頭《しょくにんがしら》といった面々か、その息子ってとこだろう。そうした連中の住まいは、西田さんの受け持ちだけじゃあなくって入来さんの分担のほうにも広がってるからな。

で、そうした連中と付き合う吉五郎が遊んだりするところも、おおよそはこの中に収まってるはずだ」

「入来さんにざっと調べてもらやぁ、西田さんだけに頼むより吉五郎がどういう男かも詳しく知れるってことか」

「それを期待しての願いごとさ」

「判った。任しとけ」

そう言った来合は、足取りを緩《ゆる》めて左右へ目をやる。

「？――どうした」

「やることが決まったなら、おいらぁさっそく西田さんと入来さんへ話をつけに行かぁ」

「落ち着け、って言いたいとこだけど、あの七兵衛って男の様子からすると、すぐにも吉五郎を引っ張ってきそうだからな。

ああそれから、取り巻き連中を調べるときに、あの七兵衛のことは少し念を入れて探ってもらえないか」

「？　あの男に、ナンかあんのか」

「樽屋の代替わりがすぐに行われるかどうかには興味津々《きようみしんしん》、けど吉五郎の後ろ楯かと訊かれたら樽屋とは格が違うと腰が引ける。樽屋の親戚筋なら案じて当然とこちらが水を向ければ、さも同意したような表情だけ取り繕《とつくろ》って何も言わず、言質《げんち》は取らせないで自分の聞きたいことだけ問うてきた——どう見ても、この絶好の機会にしがみついて上手いことやってやろうって気が満々じゃないか」

「……胡散臭《うさんくせ》えから、しっかり調べろってことか」

「俺が思ったとおりの人物なら、それなりに使いようがあるかと思ってな」

「だから、あの男に吉五郎と会う段取りを任せた、と」

「案に相違して邪魔になりそうだったら、吉五郎とは余人《よじん》を交《まじ》えず話したいと言ってやれば簡単に引き離せそうだしな」

「なるほど、それであんなに簡単に受け入れたんだな」

「まあ俺のほうも、樽屋の性急な代替わりには町奉行所がいい顔をしていないってのは単なる噂に過ぎないと思わせるようなことを言ってるから、向こうだけを責める気はないけどな」

裄沢が実際に口にしたのは、「噂は当てにならない」という一般論だけであって、その噂が真実かどうかにはいっさい言及していない。さらにいうと、「老中への上申書の起草もする」というのも、単に己の仕事を説明したにすぎない。それらをどう取るかは、聞いたほうの勝手なのだ。

「お前さんがその話をする前にこっちを目顔で制してきたから、ナンかあんだろうたぁ思ってたけど、そういうことかい」

来合もあの折のやり取りを思い出して得心したようだった。

「じゃあ、おいらは西田さんと入来さんを追っかけらぁ」

「悪いが、頼んだ」

「何、今日はほとんどお前さんに任せっ放しで、おいらぁ隣で話ぃ聞いてただけだったからよ。できるこたぁ率先してやらねえとな」

そう言い残して、裄沢を残して北へと向かっていった。まずは市中巡回中であろう西田を捉まえようという考えらしい。

わずかに立ち止まって来合を見送った裄沢は、また自身の組屋敷へ向け足を踏み出した。

七

七兵衛はその日のうちに吉五郎と話をしたようで、夕刻には裄沢の組屋敷へ使いを寄越《よこ》して面談の都合を問うてきた。

裄沢は二日後の夜を指定し、場所は七兵衛に任せると返した。ただし、場合によっては七兵衛の立ち会いはなしで、吉五郎と一対一《サシ》で話し合うことになるかもしれないと言い添えている。

七兵衛が押さえた場所は、意外なことに、この話を内与力の深元から聞かされた通町の料理茶屋であった。一介の町方同心風情が知るところではなかったが、北町のお奉行も使うところだから、町年寄や有力な町名主の間でも名の通った見世なのかもしれない。

約束した二日後の夜までの間に、来合を通じて廻り方の面々に頼んでいた調べ物もあらかた終わっていたから、裄沢は、面談の場への七兵衛の同席を認めた。

「こたび町年寄に就任せんとする身とはいえ、見も知らぬ町方役人と単身会うのは吉五郎も不安であろうから」というのが、立ち会えないかもと気を揉《も》ませた七兵衛向けの理由である。

裄沢が約束の場に着くと、吉五郎と七兵衛はすでに座敷で待っていた。本日は来合を伴わず、裄沢は独りでやってきていた。

「北町奉行所用部屋手附同心の裄沢広二郎にござる」

裄沢がそう告げると、吉五郎も名乗って丁寧に挨拶してきた。

「ようこそお越しくださりました」

七兵衛は満面の笑みを浮かべて歓待《かんたい》の意を示してくる。吉五郎の町年寄就任に自分の裄沢籠絡《ろうらく》が大きく寄与したとなれば、取り巻きの中でも大きな顔ができるはず、との皮算用《かわざんよう》が透《す》けて見えるような笑みだ。

一方の吉五郎の態度は硬く、裄沢を警戒している様子を隠しきれずにいた。町奉行所が樽屋の世代交代を歓迎していないという噂を裄沢が否定したとの七兵衛の話に、半信半疑《はんしんはんぎ》でいるようだ。

その点では、町年寄に必要な思慮深さと慎重さを兼ね備えていると、裄沢はまず評価した。

料理茶屋の仲居によって料理が並べられ、「堅苦しいことはなしで、それぞれ手酌《てじゃく》で」という裄沢の発言に従い、会食しながら話が始まった。

吉五郎との面談ということで七兵衛には場の設定を任せたはずだが、七兵衛は桁沢と吉五郎の二人の間の取り持ちにはとどまらず、一人で喋《しゃべ》り続ける。その中身はほとんど、いかに吉五郎が優秀で、町年寄として期待できるかということだった。

言い方を変えながら、似たような話が延々と繰り返される。

桁沢はそれを遮《さえぎ》るようなことはせず、ゆっくり杯を傾けながら淡々と聞いていた。肴《さかな》を口に運ぶような動作の合間にときおり見るともなく吉五郎の様子を覗《うかが》い、その表情を秘かに観察した。

最初は面映ゆそうに七兵衛の話を聞いていた吉五郎だったが、酒が回ってくるうちに誇らしげな思いが表情に出始め、機嫌がよくなってきた。

「いやあ、吉五郎殿はそのようなお人ですから、町年寄になられましたらまず間違いなく歴代でも突出した功績を挙げるようなお方に成られることにございましような」

七兵衛は自分の言葉に酔ったように結論を口にする。

「なるほど、さようか」

桁沢の熱の籠もらぬ相鎚《あいづち》に、そうとは気づかぬ七兵衛は大きく頷く。

ここで初めて、裄沢は七兵衛の話に割り込むように言葉を発した。

「で、その吉五郎殿を、そなたは脇に立ってしっかり支えると」

「はい。微力ながら、手前にできます限りはお支えしていく覚悟にございます」

「たとえば、どのように？」

目を向けながら問うた裄沢に、七兵衛は「は？」と何を訊かれたのか判らぬようにロを開けたままになる。

「町年寄となった吉五郎殿を支えるために、そなたは強い覚悟で臨《のぞ》むのであろう――これまで町名主として樽屋殿をはじめとする三家の町年寄と長い付き合いがあり、また吉五郎殿のこともよく知るそなたのことだ。これから新たに町年寄として立つ吉五郎殿をどのような困難が待ち受け、どのような苦労をするかもおおよそ存じておろう。

その際に、そなたはいかにして吉五郎殿を扶け、支えていくのかを、判りやすい例を挙げて教えてほしいと申しておる」

裄沢の指摘は、七兵衛にとって予想外のことだったようだ。急にアタフタし出した。

「いや、それは、吉五郎殿は人並みはずれて優れたお方にございますから、多少

のことなれば手前のような者がお扶けするまでもなく、ご自身で解決なさってい
かれるでしょう」
「そうか？　いかに優秀な者であっても、新たなことに挑むとなれば、これまで
遭ったことのないような事態に直面する場面は必ず出てくるものと思うが」
「吉五郎殿は、樽屋の跡取りとして幼きころから将来の町年寄となるべく様々な
教えを受け、経験を積んできております。これより全く違ったお役に就くとなれ
ばまた別かもしれませぬが、いかに大任とはいえこと町年寄についてならば、さ
ような心配はご無用かと」
吉五郎にも、自分を不安視するような裄沢のもの言いに若干不満げな様子が見
られた。
裄沢はそれを無視して、真っ直ぐ七兵衛だけを見て「ほう、さようか」と応じ
た。それから、おもむろに視線を吉五郎へ移す。
「吉五郎殿は、ご老中とは、町年寄の跡を継ぐとなられたときに一度ご挨拶をな
されただけにございましたな」
「後見に伴われてご挨拶したことは何度かありますが」
戸惑いながら、そう答えてくる。

「ですがそれは、そなたの後見をなされる町年寄が、ご老中にお目に掛かるのについていかれただけのことでしょう。ご自身のこととしてご老中とお会いなされたのは、まだその一度きりのはず」

「……それは、確かにそのとおりですが」

「町年寄となれば、町奉行様だけでなく、ご老中からも親しくお声を掛けられることがあります。それがただの時候《じこう》の挨拶や、なした仕事に対するお褒めの言葉であればよいのですが、町年寄を勤めておるとなればそれだけでは済むとは限りません。

神君家康公がこの江戸の町を拓《ひら》いて二百と有余年《ゆうよねん》。その間、町はどんどん広がり、人々の暮らしもまた大きく様変《さまが》わりしたと聞いています。それにつれ、様々な差《さ》し障《さわ》りも生じてきた。お上が江戸の町に暮らす民に求めることも、また多岐《たき》に亘ることになってきております。中には、お上がどうしても必要だと考えても、民の目からは避けたいと感ずるようなことも、出てこざるを得ませんでした。

お上の命を承りそれを町名主を通じて下々に行き渡らせるのが勤めの町年寄は、そうした際には言葉は悪いが板挟みになるのが宿命。吉五郎殿は、これよりそうした立場になろうと自ら志《こころざ》しておられる。これは、尊敬すべきことだ」

視線を七兵衛へ移し、その先を続けた。

「その吉五郎殿を支える覚悟も、なまなかなものではあり得ない——七兵衛殿」

裄沢に呼び掛けられて、七兵衛はゴクリと喉仏《のどぼとけ》を動かした。

「白河様《しらかわ》(先の老中首座・松平定信《まつだいらさだのぶ》)がご改革(寛政の改革)を始められたころ、そなたはもう町名主であったろうか」

「……いえ、その当時はまだ親父《おやじ》が勤めておりましたので」

「しかしそなたの歳からして、もう父親の手伝いは十分していたと思うが——町名主の仕事そのものや、父親が樽屋殿ら町年寄とどのようなやり取りをしていたか、全く知らぬということはあるまい」

「………」

「その白河様のご改革においては、質素倹約令《しっそけんやくれい》の発布《はっぷ》と違反者の厳しい摘発《てきはつ》など、町の衆にも少なからぬ波紋《はもん》が広がっておった。

下の者へお上の意向を伝える町名主たちも、大家を通じて町の衆からの苦情が数多く届けられ、大いに難渋したのではなかったか」

「確かに当時は、そのようなこともございましたな」

「この先、同じように町の衆にすれば迷惑に思うようなお達しが出され厳しく守らされるようなことがないとは言い切れぬ。

これから吉五郎殿が就くことになる町年寄の立場としては、そうなったときにはお上の意向をご老中や町奉行様から直接承り、下々へ伝えるのが役目となる一方、町名主は下から上がってくる要望を町年寄を通じてお上に伝えてもらうことに尽力《じんりょく》することが必要となろう。

もしそのような事態となった場合、七兵衛殿はどう吉五郎殿を手助けなさる――あくまでも吉五郎殿の右腕として、お上からの通達を下々の者に従わせるよう、説《と》いて回ることに徹するか。そうすると、多くの町名主たちとは違った動きをすることになり、町名主たちの中で浮き上がってしまうかもしれぬが」

「さ、そのようなことは……」

「考えられぬか？　白河様のご改革とて、厳しさの程度はともかく有徳院《ゆうとくいん》（八代将軍吉宗《よしむね》の法名《ほうみよう》）様という先例（享保《きようほう》の改革）あってのことぞ。なればまた同様のことをお上がなさることがないなどとは、とうてい言えまい」

「……」

「さあ。そうなったときに、そなたがどうするのか、それがしに覚悟のほどを聞かせてはくれぬか。この場ではっきり断言してもらえたならば、たとえそのようなことがあったときでも吉五郎殿は思い切った働きができようし、御番所としても恃《たの》みに思えるからの。

無論のこと、この場でそなたから聞いた存念はそれがし一人の胸の内に収めておくなどということはせず、しっかりと御番所の皆に伝え記録として残しておくつもりだ──いざというとき、そなたを軽《かろ》んずるような間違いがあってはならぬからな」

「そのような……手前程度の者のことを、酒の席のお戯《たわむ》れとはいえ、大袈裟《おおげさ》に過ぎますぞ」

「ん？　このような大事な場での話だ。酔うてはおらぬし、ふざけてものを申しておるわけでもない。そなたの覚悟のほどを、しっかり聞いておきたいというだけのことよ。

吉五郎殿も同じ想いであろう。さあ、遠慮は要らぬ。真剣な話を真面目《まじめ》に口にするのは体裁《ていさい》が悪いなどと照れずに、どうかそなたの心根を明かしてほしい」

「それは……」

逡巡《しゅんじゅん》する様子を見せるも、裄沢は考えを引っ込める気はないようで、じっと七兵衛を見たままだ。

七兵衛は、吉五郎を讃《たた》えていたときとは別人であるかのような、おずおずとした態度で言葉を並べた。

「町年寄は惣町の頂点に立つ大事なお役目にござりまして、手前のように江戸の町を見渡せば掃《は》いて捨てるほどいる町名主とはわけが違います。

そんな手前が、町年寄の大任を勤めるお方も難渋するような困難に際してどれほどお力になれましょうか。非力な手前では、荷が勝ちすぎてご迷惑になるばかりかと」

一転して腰の引けたもの言いになった七兵衛へ、裄沢はさも意外だという表情を向けた。

「そなたは先ほどそれがしに、吉五郎殿が町年寄となった暁《あかつき》には脇でしっかり支えると、はっきり己の意思を示したではないか。にもかかわらずさようなことを口にしては、吉五郎殿も不安に思われよう。

さあ、謙遜などしておらずに、そなたの心に思うところをはっきりと表明せよ。吉五郎殿もそれがしも、心して聞くゆえ」

裄沢によって追い詰められた七兵衛は、幾度か口を開き掛けて言葉にならず、黙り込んでしまった。それでもなお待ち続ける裄沢の視線に尻の据わりがどんどんと悪くなっていき、とうとう居たたまれなくなった。

「あ、あの……申し訳ありませぬが、少々酔いが回りましたようで。中座するのは甚だ失礼ながら、御不浄《ごふじょう》に参りたく……」

七兵衛の逃げ口上《にこうじょう》に裄沢は即座に反応する。

「おお、それはいかぬ。我らのことは気にせず、早《はよ》う参られよ」

七兵衛は裄沢のその言葉が終わるのを待たずにサッと立ち上がると、頭を下げながら座敷を足早に出ていった。

八

七兵衛が座をはずした後、座敷には沈黙が広がった。

吉五郎は、裄沢に問い詰められて予想もせぬ態度になった七兵衛のことを思い返している顔つきに見えた。あてがはずれた思いでいるのか、はたまた、ただただ呆れ返っているのか……。

裄沢は邪魔にならぬよう静かに杯を乾しながら、吉五郎の考えるに任せていた。

そこへ、座敷の外から「失礼致します」と声が掛かり、襖が開けられた。顔を出したのは、裄沢を席に案内したこの料理茶屋の奉公人だった。

「お連れ様はご気分が悪くなったとのことで、そのままお帰りになりました。ご挨拶もせずに退出する失礼をくれぐれも詫《わ》びていたと伝えてほしいと、お言伝を承っております」

「そうか。別の部屋で休んでおるのではなく、見世を出たのか」

「はい、しばし横になられてはとお勧めしたのですが、大事ないとそのまま——」

「あい判った。我らはいま少し残るゆえ」

「はい、どうぞごゆるりとお過ごしくだされませ」

奉公人は頭を下げると、襖を閉めて立ち去っていった。

「あれは、駄目だな」

独り言のようにポツリと漏らした裄沢へ、吉五郎の目が向く。

その顔を見返しながら、裄沢は続けた。

「耳に快《こころよ》いお追従を聞きたければそばに置くのも悪くはないでしょうが、いざ困難に直面したときに、頼りになる者ではないでしょう。恃みにするのは、別な者にされたがよろしかろう」

吉五郎はキッとなって裄沢に鋭い目を向ける。

「私には、町年寄はまだ早いとおっしゃいますか」

町年寄は町人ながら、意見を上申すれば町奉行とて疎《おろそ》かにはせず、きちんと耳を傾けしっかり検討するほどの重きをなす存在だ。武家とはいえ最下級に近い身分でしかない町方同心とは、格が違う。

いずれはその町年寄になることが確実だから、裄沢は自分より十歳《とお》近く若い町人の吉五郎に丁寧な口調で接している。しかしお奉行にすら言わねばならぬと思ったことははっきり口にするような男であり、阿《おもね》るつもりはいっさいなかった。

吉五郎への返しが突き放したようにも聞こえる言い方になったのは、このためであろう。

「樽屋が町年寄を代替わりさせるかどうかは、本来、樽屋が自分たちの中で決めるべきこと。ご老中やお奉行様が『待った』を掛けるなればともかく、それがし風情が口を出すことはござらぬ。

吉五郎殿とて、先ほどのあの男を見ていながら、先々困ったときに頼りになりそうだとは思わなかったのでは？——これから町年寄のお役を勤めようというほどのお方なれば、他に支えてくれる者はいくらでもおりましょうしな」

裄沢の問い掛けに、吉五郎は返答せずにグッと口を引き結んだ。頭の中では、己の周囲を取り巻くいろいろな顔が浮かんでは消えているのかもしれない。

ただ先ほどの裄沢と七兵衛のやり取りを目の当《ま》たりにしてこれまで抱《いだ》いていた思惑《おもわく》が覆された今、己の人物評価に対する自信が揺らいで、思考は堂々巡《どうどうめぐ》りをしているであろう。

裄沢は、さらりと付け加える。

「誰が適任なのか、豊富な人材の中でいろいろと迷うところもあるかもしれませんが、選ぶのは上の者が下の者を、というだけではありませんぞ」

「？」

「先ほど白河様のご改革の話が出ましたので、自分の恥を晒《さら》すことになりますが、その折のそれがしのことを少しお話ししましょうか」

七兵衛に話を持ち掛けられたときからずっと警戒していて、つい今し方には反発を覚えさせられた相手ではあった。しかしその意外な言いように、耳を傾ける気が起こる。

「白河様がご改革を始められたのと軌《き》を一《いつ》にして、当北町奉行所には新たなお奉行様が着任されました。ずいぶんと白河様を崇拝されていたようなお方で、ご下命に対しいったん立ち止まって考えるようなところは一つもなく、ひたすら承ったそのとおりのことの実施を、我ら町方にも江戸の町衆にも求められる有り様にござった。それがしのような偏屈者《へんくつもの》はそれが気に入らず、お奉行様の意向をそのまま伝えてくる上役には、ずいぶんと噛《か》みついた憶えがございます。

ご改革の有りようが民意に添ったものであったか、世の中の実情を十分踏まえていたかについては、あえて申しません――いずれは町年寄となる身で後見を受けていた吉五郎殿も実際肌で感じるところがあったはずですので、その必要もないでしょう。ともかく白河様の期待を背負って着任された当時のお奉行様は、いろいろと上手くいかぬことが多かったようで、一年と経たずに転任していかれました」

江戸の町奉行は旗本最高の顕職《けんしょく》とも言われるお役である。当然それなりの人物が選任されるわけで、病に倒れたというならともかく、わずか一年足らずで他の職へと転出するなど過去にほとんど例がないことで、陰ではずいぶんと取り沙汰されていたのは吉五郎もはっきり印象に残っていた。

「後を引き継いだ次のお奉行様は、取り散らかったまま放り出された仕事を、元と同じような状況へ戻すのにだいぶご苦労なされたようでした。そうしたこともあってか、このお方もお奉行であらせられたのは三年と少しの間だけ。お役を退いたのは、お亡くなりになってのことです」

町奉行職は激務で、幕府の様々な役職の中で在職中の死亡が突出して多かった。そのうちの少なからぬ者が、今で言うところの過労死であったものと思われる。

「次に北町のお奉行に着任されたのが、今の小田切様ということになりますが、それがしがこれから申し上げるのは、その三年と少しの間だけお奉行であったお方のとき、いまだご改革真っ只中というご時勢でのことにござる。あれは、当時のお奉行様がその任についてから二年ほど後のことだったでしょうか、一度は内部も周囲との関わり合いもかなり危ういことになっていたものがようやく落ち着きを見せ始め、ひと息つけたかという頃合いでした。当時の内与力殿が、『さらに北町奉行所をよくしていくためにはどうすればよいか、仕事の上で皆が何を考え何に悩んでいるのか忌憚《きたん》のない意見を訊きたい』ということで、何人かの与力同心を選んで話を聞く場を設けるという通達がありました。その中にそれがしも含まれたのは、まだ二年そこそこしか御番所内のことを知らぬ方々から見ても、それがしの偏屈ぶりがかなり際立《きわだ》っておったからかもしれませぬ。

今より十歳《とお》ばかり若かったそれがしは、奉行所をよくしていこうという気持ちには応えねばならぬと、呼び出されたときに思うところを存分に述べたのでござる。それは、そのままではいかぬことが判っておりながら、己独りの力ではどうにもならぬこと、お奉行様や内与力の方々のお力添えがあっても解決はなかなかに難しいやもしれぬが、それでもわずかでも改善が図れれば必ずやよい方向に進むというものばかりを選んで述べたつもりでござった」

思い出しながら語る裄沢の顔に、自嘲か苦笑かわずかな笑みが浮かぶ。

「求められた話をするそれがしに、内与力殿はじっと耳を傾けておられたが、話が終わり口を噤《つぐ》むと、いきなり怒りを露《あら》わにされました。

その内与力殿曰《いわ》く――

『そなたの話は、あれができない、これができないばかりである。なぜ、ものごとを上手く進めようとする気構えを持たないのか。そなたより前に会った面々からは、「このような問題がありますが、大丈夫、このようにすれば必ず解決しま

すので』という話を多くもらっている。そなたの態度とは、全く違うものよな
――そなたにも、かような前向きな態度を期待したいものだが』

――と、いうものにござった」

　裄沢が語る内与力の言葉は、すでに次代の町年寄として下の者を差配している吉五郎にとって、なるほどと思わせる説得力があった。

「それに対しそれがしがどう思ったかということにござるが、まずそれがしが感じたのは、大いなる怒りでありました」

　そう言いつつ吉五郎の顔を見た裄沢は、「内与力殿への怒りではありませぬぞ」と付け加える。疑問を顔に浮かべた吉五郎へ、言葉を足した。

「それがしが覚えた怒りは、内与力殿へ安易な楽観論を述べた者らに対するものでござった――」

　さように簡単に解決することなら、なぜ上に申し上げる前に自分の力で解決しておかなかったのか。前のお奉行様のときならばできなかったかもしれないが、そのお方が交替してからすでに二年も経っている。今簡単にできることなら、これまでいくらでもやっておく機会はあったろうに。直属の上役だとて、よほどの無能でない限り相談されたなら必ずや協力してくれたはずではないか……。

それがしは無力であるかもしれぬが、己の独力や上役の手助けがあれば解決できることは、全てやってきたつもりだし、そんなことをわざわざこの場で自慢げに述べるつもりはなかった。せっかくこのような場を設けてもらったのだから、己らだけではできぬことの、直接担当する者だからこその考えを知ってもらうべきだというつもりでいたのですが。

——それがそのときのそれがしの怒りであり、感じた虚《むな》しさにござった」

手柄を挙げるために無辜《むこ》の民に濡れ衣を着せんとしたことで致仕《ちし》（退職）となり、その後新たに在職中の不正が発覚して江戸の地を追われたかつての与力・瀬《せ》尾《お》が、吟味方《ぎんみかた》への抜擢《ばってき》という周囲も驚く出世をしたのが、確か同じ時期だった。

もっとも、内与力から話を聞かれた中に瀬尾も含まれていたのかどうか、含まれていたとしてそのときの面談が評価されてのお役替えだったのかは、裄沢の知るところではないが。

裄沢の憤《いきどお》りについて、得心を覚えながら吉五郎は問うた。

「……それを、内与力様にお伝えしたのですか」

「いいえ。黙って先方の言うことを拝聴《はいちよう》して、そのまま下がりました」

「？　なぜ」

「上の立場にある者が、本音を聞きたいとわざわざ呼び出して話をさせておきながら、それが己の意に染《そ》まぬ中身であったときには相手に苦言を呈《い》す――そのような御仁に、何か申してどうなりましょうや？　それがしは、さような徒労《とろう》に骨を折るほど勤勉でも精忠《せいちゅう》でもありませんので。

それがしは、周囲よりやや、いいささぐれと言われるような偏屈者にて、上からすれば扱いづらいだけで役にも立たぬ者かもしれませんが、それがしよりずっと優れた者でも、『これは駄目だ』と思えば上の者には逆らうことなくして適当にお茶を濁《にご》すだけになってしまうこともあり得ます――本気を出したとて、それが正当に評価されぬとか受け入れられぬとか、他人の手柄にされてしまうとかが前もって見えているなら、やる気など出てくるはずもありませんからな」

裄沢の口調は淡々としたものだったが、であるからこそ逆に、その当時の心情が切々《せつせつ》と吉五郎に伝わってきた。

裄沢は、また吉五郎へ目を向ける。

「先に述べましたが、お追従が耳に快ければ、そうした者を傍《かたわ》らに侍《はべ》らせるのをやめよとまでは言いませんけれど、己の右腕として信頼する者は別に置くべきです。その者をどう選ぶか、他の方の意見を聞くことも当然大事ですが、最後には自分の目で見て自分の肚で決めねばなりません。誤《あやま》った者を選んだなら、そのツケは全て自分に返ってくるのですから。

　そして上に立つ者として必要なのは、己が誤ったときにきちんと警告し、苦言を呈してくれる者です。自分は絶対に間違うことなどないというほどの自信を持っておられるならばまた別でしょうが、それがしの知る限りさような存在は神や仏ぐらいで、人という生き物の中には一人もおらぬはず。無論のこと、耳に痛いことを告げてくる者にせよ、ただ吉五郎殿のためだけを思ってのこととは限りません。むしろそこには、大なり小なりどうすれば己の得になるかという打算が混じっているのが当然のこと。

　吉五郎殿はそれを見分け、己が任されたお役に利するものだけを選んで町年寄の仕事をこなしていかなければならぬ。それを、下の者らは見ております。しかも、能力ある者ほどしっかりと。

　過《あやま》てば見限られるかもしれぬ。それでも、惣町全ての人々のため、なお懸命に従ってくれる者のために、吉五郎殿は日々の仕事をたゆまず続けていくことになります。どんな仕事でもそうでしょうが、町年寄は大任ゆえに、掛けられる期待も、求められる成果も大きい。それに圧《お》し潰《つぶ》されることなく、前を向いて臆せず進んでいかれることを望みます」

じっと裄沢の話を聞いていた吉五郎は、感じていた疑問をここで口にした。

「裄沢様は、私が町年寄の座に就くのを思い留まるよう説得に来たのではないのですか」

そこには、この場にいない人物に対する隠しきれぬ想いが顕《あらわ》れているように見える。見え隠れしているのは、感情的に相容《あいい》れない相手への侮蔑《ぶべつ》や嫌悪《けんお》か、あるいは自身への不安の裏返しがもたらした、非の打ち所のない相手への妬《ねた》みか。

裄沢は、何も気づかなかったように淡々と答えた。

「それがしに話を聞き取らせるため与左衛門殿や吉五郎殿のところへ遣わした内与力様のご意向は、確かにそのようなものだったかもしれませぬ。ですが、当代の与左衛門殿とお会いして、それがしも考えるところがござってな」

「考えるところ？」

「与左衛門殿は、ずいぶんとお疲れの様子であった。その上で、吉五郎殿に町年寄の座を譲ろうと肚を決めておられた。

もはやそこまで当人の考えが固まっておるなら、脇から余計なことを言っても単にものごとが進むのを遅らせるだけ。御番所と町年寄役所との円滑な関わり合いに障りが生ずるようなことがあっては、それこそ本末転倒です。なれば、ことここに至ってしまった後に、それがしから申すことはありませぬ」

祈沢は、穏やかな口調で語り掛ける。

「それがしは、己の役儀の中で町年寄という難しいお役目のことも多少は知っておりますが、それはこちらから申し伝える書面で必要になることのみ。与左衛門殿と吉五郎殿が普段どのように接しているかとか、吉五郎殿の周りにどのようなお人がどれだけ支えようと集まっているかなどは全く関知しておりませぬ。

また今の与左衛門殿が町年寄になられた折のことも詳しくは存ぜぬが、吉五郎殿の最初の後見となった前の与左衛門殿はまだ三十も半ばまで達せぬうちに今の与左衛門殿に後を任せられたということは、今の与左衛門殿は急遽《きゆうきよ》播州より呼び出され、見習いとして仕事を学ぶような期間もあまり与えられぬまま町年寄になられたのだと存ずる。だいぶご苦労なさったことにござろう。にもかかわらず、就任してまだ五年経つかどうかというときに、もう時のご老中より、町年寄筆頭の奈良屋殿を超えるほどの功ありと激賞された——真《まこと》に優秀なお方でありますな。

吉五郎殿は、その与左衛門殿を隠居させて跡を継がんとするほどの意欲を見せておられる。周囲の期待もいかほどかと、仰《あお》ぎ見る心地にござる」

「……」

「また今は、町年寄三家のうち他の二家がどのようなことになっておるかは吉五郎殿もご存知でしょう。にもかかわらずこの時期に樽屋を背負《しょ》って立とうとは、心底その気概に感嘆するばかりにござる。無論のこと、あの与左衛門殿に成り代わって町年寄に立たんと自ら名乗り出られたからには、まさか自分の家のことだけどうにかなれば、などというお考えではありますまい。それが許されるような状況でないという理解では、吉五郎殿ばかりでなくお上も町名主をはじめとする惣町の皆々も一致しておるはずですからな。吉五郎殿のその若さで、他の二家も引っ張って、町年寄のお役を完遂《かんすい》していこうとなさるとは、感嘆するばかり」

「……」

「なればこそそれがしは、吉五郎殿が『もう町年寄として自分は十分やっていける』と思うていて『やる』とはっきり断言するなら、それを否定する考えも窘《たしな》める言葉も持ち合わせてはおりませぬ。

　周りがどう言うから、などではなく、吉五郎殿ご自身がそう考えるからには、というこことですぞ――まあ、先ほど逃げ去ったような男ではなく、吉五郎殿が心から信頼できる方々が同じことをおっしゃっているなら、それはご自身の考えに含めてもようござろうが」

己の覚悟の有りようを裄沢から強く問われた吉五郎は、返す言葉に詰まる。

その様子に気づかぬ素振りで、裄沢は続けた。

「結局どのようになさるかの結論は、御番所のほうへお知らせいただければと存ずる――本日はわざわざお会いいただく機会を設けてくださり、感謝致します。ではそれがしは、これにて」

そう言って裄沢は軽く頭を下げたが、腰を上げるまで吉五郎は何かを考えるようにじっと己の杯を見たままだった。

九

裄沢と来合が御番所へ出てこいとの使いを受けたのは、それからほんの数日後のことだった。二人は、早朝より己の勤め先へ向かう。

内座の間手前の次《つぎ》の間《ま》で二人を迎えたのは、このときも内与力の深元だった。深元の隣には、見知らぬ若い侍が座していた。

深元からの紹介もなく、当人はただ黙礼してきたのみだ。深元に「座れ」と言われ、裄沢らは若い侍に礼を返して深元の前に座した。

見比べるように二人の顔を見渡した後、深元は口を開いた。

「昨日樽屋より、吉五郎の町年寄就任はしばらく先延ばしにするとの知らせがあった」

来合はわずかに表情を変えたが、裄沢は「さようにございますか」と落ち着いて返しただけだった。

その様子を見なくても、誰の成果かは深元とて判っている。裄沢に目を向けて問うた。

「あれだけ頑なに代替わりを口にして譲らなかった樽屋に、どうやって心変わりをさせた」

「はて。与左衛門殿と吉五郎殿が話し合って決めただけにございましょう」

「そなたは、何もしておらぬと？」

「深元様がお命じになられましたとおり、二人と会って話は致しましたが――なに、与左衛門殿には決意は変わらぬか意志を確認し、吉五郎殿とは少々話し込み、昔の思い出話をしただけにござります」

真意を探るような目で裄沢を見ていた深元だが、追及を諦めたのか、「まあ、よい」と話を打ち切った。

「ともかく、こちらの求めたことをそなたら二人はやり遂《と》げた。明日よりは、元のお役目に復帰して励《はげ》むがよい」

裄沢と来合は、畳に手をついて「ありがとうございます」と礼を述べる。

もしかすると、裄沢らを樽屋の件で動き回らせたのは、二人が「自ら謹慎するに至った一件」の相手方がどう反応するか、様子を探っていたのかもしれない。それで先方に動きがなかったことから、二人の正式な復帰が決められたのかもしれなかった。

樽屋について言えば、裄沢の心情的には当人らの考えどおりにするのが一番だとの思いを持った。だからこそ、吉五郎を誘導するようなもの言いはしたものの、最後には当人の判断に任せて面談の場を後にした。

結局は、深元の命を受けて裄沢が画策したように事態は進むのだろうが、それが樽屋の与左衛門や吉五郎にとってよいことなのか、裄沢には判断がついていない。しかしその一方で、江戸の町全体のことを考えれば、樽屋の家内の事情よりも重んじられるべきことがあるのは、やむを得ないというのもまた事実だった。

裄沢の感慨とは関わりなく、深元は「ああそれから」と思い出したように、隣に座す若い侍のほうへ目をやった。

「これなるは、それがし同様お奉行様の家臣にて、鵜飼久作《うかいきゅうさく》と申す者。一人欠けておった内与力にこたび加えることになった。もう皆には紹介済みだが、そなたらはしばらく御番所に顔を出しておらなんだゆえな、ここを顔合わせの場とさせてもらった」

「鵜飼久作と申す。よろしく頼む」

若い侍は、はきはきと挨拶をしてきた。裄沢と来合も己の名やお役を告げて挨拶を返す。

「用事はそれだけだ。もうよいぞ」

深元はそう解散を告げた。

が、二人が出ようとして腰を上げると、「ああ、裄沢は少し残れ」と言ってきた。

来合はわずかに迷う素振りを見せたものの、上役の指示を無視するわけにはいかない。裄沢を置いて、黙って独り出ていった。

残った裄沢は改めて元の席に座り直す。

「それで、どのようなご用にございましょうか」

裄沢の表情をチラリと見た深元は、「まあそう警戒するな」と声を掛けてくる。

表情には出さなかったつもりだが、今まで独り呼び出されたときには厄介ごとを押しつけられた憶えしかない裄沢にすれば、言葉どおりに受け止めることなどできようはずもない。顔には出さずとも、自《おの》ずから発せられた気配で察せられたのかもしれないが。

裄沢は、無言で先を促した。

「この鵜飼は、小田切家では屋敷の警固や殿の供廻りなどを主にやってきておってな、用人のような仕事の経験はないのだ」

「それは——」

内与力は町奉行の代理人として、様々な交渉・折衝に当たるお役である。

旗本家で他の家との交渉ごとがある際には、若手が多少の誤りを犯してもお互い様であり、大目に見られるのが通常のこと（またその程度のことにしか関わらせない）であっても、三奉行の一つという重職の代理人ではそうはいかない。当然、旗本家の家中で類似となる仕事を長年こなしてきた現職の用人や、現職ではなくとも用人の職務経験を豊富に有する者を用いるのが当たり前だった。

それを未経験の者にさせるとは、ずいぶんと思い切ったことをすると、さすがの裄沢も驚いた。

深元は、裄沢の驚きなど意に介さず続ける。

「ゆえに、内与力の仕事は一から憶えねばならぬのだが、その手始めとしては用部屋手附が何をしておるのか知るのがよいかと思うてな」

用部屋手附の仕事内容をざっくり言えば、町奉行の側近である内与力の補佐に就く事務方のようなものだから、深元の考えにも一理《いちり》はある。しかしその言いように、裄沢の嫌な予感がますます高じた。

「そこで裄沢、しばらく鵜飼をそなたに預けるゆえ、一つひとつの仕事を流れを踏まえながら鵜飼が憶える手助けをしてもらいたい」

「預けるとは……」

「なに、そなたは普段どおりに仕事をしておればよい。ただ脇に鵜飼がついて、そなたが何をやっておるのか見ているというだけだからの。まあ、最初の説明と、鵜飼が疑問を覚えたときの返答はしてもらいたいが」

「……一々説明し、疑問にお答えしながらとなると、仕事の進みはだいぶ遅くなるものと思いますが」

自分の仕事に新任の内与力が張り付いて、あれこれ口を出してくるというのにはっきりと憶えがある。なにしろついこの間まで経験していたことだから。

ただそのときの相手は、小田切家で長年用人の仕事をこなした上で家宰《かさい》にまで上り詰めた唐家だったから、鬱陶《うっとう》しさはともかく実際の手間はさほどではなかった。が、こたびは経験浅き者ゆえそういうわけにはいかないだろう。

「ああ、それはやむを得ないことよな。他の用部屋手附の面々には、唐家様からよく言って聞かせてもらうゆえ、そなたが余分な気を回す要はないぞ。なに、こたびを含め、たびたびそなたが仕事場から離れてもどうにかしておる連中だ。さほどの負担増にはなるまい」

唐家はともに町奉行所の内与力という意味では深元の同役であるが、自身より年長である上に小田切家の家来というもともとの身分では、深元は唐家の下役となる。ために、唐家へ言及するのに「様」と敬称をつけたのであろう。

あっさり告げてきた深元の言葉に、裄沢は内心で溜息をつく。発言の後段は裄沢への皮肉であるとともに、「お奉行と内与力が支えているから、お前は無事で済んでいるのだ」という、暗に貸しを強調する科白《せりふ》になっている。

となれば、抵抗は無駄であろうし、自ら作った憶えはなくとも「借り」は返す必要があろう。

「委細《いさい》承りましてござります」

あえて馬鹿丁寧に返して頭を下げた。

裄沢の了承を受けて、鵜飼が「よしなに頼む」とあっけらかんとした顔で言ってきた。曖昧《あいまい》に低頭して流したのが、裄沢がどうにか取れた態度だった。

――深元様には「明日よりの出仕」を言い渡されたが、本日中に仕事場に顔を出して迷惑を掛けたことを皆に謝っておくべきであろう。おそらく先に部屋を出た来合も、同心詰所に立ち寄ってそうしているはずだ。

そう考えた裄沢は、次の間を出て溜《たまり》の間《ま》と使者《ししゃ》の間《ま》の廊下を抜けると、玄関とは反対側の御用部屋へと足を向けた。親鴨《おやがも》の後ろをくっついて歩く子鴨のように己に張り付いて後を追う鵜飼が煩《わずら》わしかったが、それは気にしないことにした。

御免、とひと声掛けて御用部屋の襖を開く。

幾人かの顔がこちらを向き、その者らが動かぬのを見てさらに裄沢のほうへ顔を向ける者が増えた。

裄沢は、部屋の中を見渡して声を上げた。

「長らく休みましてご迷惑をお掛けしました。明日の朝より出仕致しますので、よろしくお願いします」

皆へ向けて頭を下げると、なぜか鵜飼も斜め後ろで同じようにしているのが目に入る。

――気にしない、気にしない。

顔には出さぬように己に言い聞かせた。

軽く声を掛けてくる者には適当に返して、目に入った水城《みずき》のほうへ足を進めた。

「水城さん、急に休んで済みませんでした」

仕事上の表面的な付き合いしかない同僚の中で、比較的裄沢と関わることが多いのがこの男だ。その分だけ、裄沢が休んだ負担がもろに被《かぶ》さってきただろうと考えての謝罪だった。

水城はちらりと裄沢を見た後、自分の前の書付に目を落として言った。

「まあ、体調が戻ったんなら何よりだ。休んだ分、こっちに楽さしてもらえるのをせいぜい期待してるよ」

面と向かっての苦情が来るかと身構えていたのだが、案外あっさりとしたもの言いをしてきた。

裄沢の隣に内与力が張り付いているからかもしれないが、病気を理由に休んだ経緯が実際はどんなものだったか、廻り方のほうから噂が流れてきていたのかもしれない。

——ともかく、明日からは仕事だ。

裄沢は、そう己に気合いを入れ直した。

※

町年寄十二代目樽屋の与左衛門は、この物語の十四年後になる文化《ぶんか》十一年（一八一四）まで町年寄の座にあった。実に六十九歳まで現役を続けたことになる。

樽屋の直系である吉五郎を差し置いてこの年まで町年寄で在り続けたのは、当人たちの思惑がどうであったかは不明ながら、幕府が余人をもって替えがたい人材としていつまでも交替を許さなかった、ということかもしれない。

その与左衛門の後を受けた吉五郎は、樽屋本家正統が代々受け継いできた藤左衛門を名乗ることなく、なぜか吉五郎の名のままで町年寄を勤めている。吉五郎が町年寄に任じられたのは、奇《く》しくも先代である与左衛門と同じ四十歳のときのことであった。

吉五郎が町年寄になったのは文化十一年の十二月で、同じ年に与左衛門が亡くなっているから、おそらくはその死を受けて吉五郎が町年寄に就任したのであろう。

一説には、このときの与左衛門の死因は自殺であったと言われている。

第二話　捕り違え

一

朝に内与力の深元から御番所へ呼び出され、本来業務への復職を指示された裄沢は、その後己の執務場所である御用部屋へ顔を出し、皆に復帰の挨拶だけしてその日は帰宅した。

呼び出された部屋を出てから御番所を後にするまで、新任の内与力である鵜飼にずっと張り付かれていたことで妙な疲れを覚えていた。帰りの道筋でも、すぐ後ろにまだ鵜飼がいるような気がしてならない。

家の戸口に立ったとき、ようやく凝《こ》り固まった肩から力が抜けた。

「今戻った」

「お帰りなさいまし――お早いお帰りで」

戸を開けて中へ声を掛けると、裄沢の組屋敷で下働きを勤めてもう二十年にもなる茂助《もすけ》が、すぐに顔を出した。裄沢の家は、他には茂助の甥だという同じ下働きの重次《しげじ》を含めて男三人だけの、色気《あじ》も素っ気《そけ》もない所帯である。

「明日からは、帰りは普段の刻限になる」

裄沢が中へ踏み入りながらそう告げると、後に従う茂助が声を掛けてきた。

「旦那様がお出掛けになってから、三吉《さんきち》というお人が訪ねて参りました」

「三吉が……」

三吉は、かつて北町奉行所で小者を勤めていた男である。よんどころない事情で罪を犯して奉行所を去ったが、その際に自分に情けを掛けた町奉行の小田切とその指図で動いていた裄沢に強い恩義を感じ、これまで何度も裄沢のために陰働きで助けてくれた男であった。

「お体が空いたときがございましたら、いつものところへお越し願えないか、との言伝《ことづて》をもらっております」

「そうか——ところで、お前は三吉を見知っておったか?」

「いえ。ですが旦那様の手札をお持ちでしたので」

手札は今で言うところの名刺《めいし》のような物であるが、現代のように自己紹介がてら様々なところでバラ撒《ま》くような代物《しろもの》ではなかった。町奉行所の廻り方がこれを御用聞きに預けるということは、その同心が「これは自分が使っている者である」と保証する身元証明の意味合いを持った。

裄沢はほんのみ月ほどだけ、怪我をした来合の代理として定町廻りのお役に就《つ》いたことがあったのだが、三吉の持つ手札はそのときに渡した物だった。

――俺が臨時で定町廻りをやってたときも、その後に呼び出して手伝いを頼んだときも使っている様子はなかったが……。

「三吉は、どんなふうであった」

「中へお通ししようとしたのですが、遠慮して戸口で用件を口にしただけで、すぐにお帰りになりました。なんですか、ずいぶんと恐縮されていたように見えましたが」

そうか、と述べた裄沢は、着替えのために己の寝所へ向かう足は止めずに、顔だけ茂助のほうへ向けて言った。

「夕刻、出掛けることになる。夜の飯は要らぬ」

承った茂助は、そこで足を止めた。いつもの習慣で、裄沢は独りで着替えをするからであった。

その日の夕刻、裄沢は己の組屋敷を出ると、御番所へ行くのとは逆の南の方角《うま》へと道を採った。

八丁堀南西端の弾正橋《だんじようばし》で楓川《かえでがわ》を渡り、外濠《そとぼり》に突き当たったところで比丘尼橋《びくにばし》を使い京橋川《きようばしがわ》を越える。後はほぼ外濠沿いに南へ下って土橋《どばし》を渡れば、目的地の二葉町《ふたばちよう》である。

裄沢はおよそ半年ぶりに、そこで商いをする一杯飲み屋の縄暖簾《なわのれん》を潜《くぐ》った。三吉が裄沢の手助けをするようになって以来、連絡《つなぎ》のために使ってきた場所である。

「いらっしゃいまし―」

小女が掛けてきた声に応えず中を見回すと、隅のほうの席に、すでに三吉が座っていた。本日裄沢が現れるかは不明であったはずなのに、待ちぼうけでもいいとやってきている。どこまでも律儀《りちぎ》な男であった。

裄沢は真っ直ぐそちらへ足を向けた。

「お役目でお忙しい中、あっしのような者が突然お呼び立てして申し訳ありやせん」

裄沢が近づくと、三吉は深く頭を下げてきた。

「残念ながらと言うべきか、忙しくはないな――つい昨日まで、仮病《けびょう》で休んでいたほどだからな」

三吉の、まさかという顔を見ながら続ける。

「それに、そなたには、何度も助けられてきた。俺で役に立つことがあるなら、遠慮なく言ってもらいたい――ただし、こっちはご存知のとおり微禄の御家人だ。できることには限りがあるけどな」

「とんでもないことにございます。あっしがやってるのは、裄沢様から受けたご恩をいくらかでも返せればと思ってのこと。ただそれだけにございますので」

「こっちとしては全く着せた憶えのない恩だから、すでに何十倍にもして返してもらってるようなものなんだが」

そんなことはないと三吉が首を振りながら言い返そうとしたところへ、小女が酒と肴《さかな》を持ってきた。先に三吉が待っているところへ裄沢が後からやってくると、いつも「同じ物を」と頼んでいたのを憶えていてくれたようだ。

これでよかったですかね、と今さらながら案じ顔になった様子の小女に、裄沢は微笑《わら》って礼を言った。笑顔になった小女が去ったところで、改めて三吉へ目を向ける。

「こんなことを言い合っていても仕方がない。ところで、何かあったのか」

「あっしのほうからお手間を取っていただくようなマネをしてたいへん申し訳ねえんですが、少し気になることが生じまして」

「聞こうか」

裄沢は坏《さかずき》の酒をわずかに舐《な》めて、三吉を促した。

「へい、つい昨日のことにございやす。仕事に一段落ついて暇ができたのを幸い、小耳に挟んで気になってた、ちょいと珍しい品を並べてる香具師《やし》がいるって噂を自分の目で確かめようと、麻布《あざぶ》の善福寺《ぜんぷくじ》ってえ寺まで足を伸ばしたと思っておくんなさい」

三吉は、そう話を切り出した。

香具師は、神社仏閣の参道や大通りなど人出のあるところで物を売ったり見世《みせ》物《もの》の興行を打ったりする商売人のことである。ただ人が多く集まるところは、路《ろ》傍《ぼう》で商売をするような者の好きにさせておくと場所の取り合いから血を見るような騒ぎまで起きかねないこともあり、顔役的な人物が間に立って調整するようになった。

いわゆる、香具師の元締である。香具師の元締の中には、単に集まってきた香具師たちの場所取りの調整をするだけでなく、己の取り仕切る場所をさらに活気づかせるべく、人気が出そうな見世や演物《だしもの》の招聘《しょうへい》まで行うような者もいる。

町奉行所を辞めた三吉は、芝界隈《しばかいわい》でこうした力ある香具師の元締・仲神道《なかじんみち》の以蔵《いぞう》に拾われて、その手伝いをするようになっているのだ。それまで町奉行所の小者として捕り物を含め大いに活躍していた実績もあってか、以蔵に最初から重く用いられ、新たな仲間内でも哥貴分《あにきぶん》扱いの「いい顔」になっているようだ。

麻布は芝の西南、新堀川《しんぼりがわ》を挟んだ隣の地域となる。そこに建つ善福寺は江戸でも由緒ある大きな寺で、弘法大師《こうぼうだいし》（空海《くうかい》）がここを訪れたときの逸話が「麻布」という地名の由来になっているという。

「まあ、その善福寺の香具師のことはこの際どうでもいいんですが、その帰《けえ》りに、坂下町《さかしたちょう》でちょいと嫌なものを見ちまいまして」

坂下町は善福寺の北側、芝方面への帰り道になる。

「午過《ひるす》ぎから寺の境内で広げてる見世を見て回った帰りでしたから、もう夕刻近くになってましたが、道を歩いてると裏店《うらだな》のほうから何やら騒いでる声が聞こえてきまして。でえぶ剣呑《けんのん》そうだったんで、ちょいと覗《のぞ》いてみたのでございます。

するとおそらくは仕事から帰ったところだったのでしょう、職人姿の男が、御用聞きに取り押さえられてるとこでした。職人のほうは『俺は何もやっちゃいねえ』と喚《わめ》いてるし、女房子供らも『うちの父ちゃんが悪いことなんぞするはずがない』としきりに訴えてましたが、御用聞きのほうは全く耳を貸す様子もなく、子分どもにふん縛《じば》らせて引っ立てようとしてました」

「御用聞きが？――その場に、町方は？」

裄沢がそう訊いたのは、本来御用聞きには、咎人《とがにん》と思わしき者を捕縛するような権限は与えられていなかったからである。御用聞きが縄を打つという行為は、町方や加役《かやく》（火付盗賊改方《ひつけとうぞくあらためかた》）など、取り締まりに携《たずさ》わる役人から指示を受けて、初めてできることとなのだ。

「周りを見回しましたが、お役人は誰もおられなかったようで」

暴力沙汰《ざた》や盗みなどの犯罪が起こった現場に、町方役人がすぐに駆けつけてこられるとは限らない。その場で咎人らしき者を見つけたときに御用聞きができることは、逃亡されないようしっかり押さえつけて役人を呼ぶ、あるいはがっしりと摑まえて番屋《ばんや》（自身番《じしんばん》）へ引っ立てる、などの手立てとなる。

「さほどにその職人は暴れていたのか」

ただし例外はあって、暴れてどうしようもないようなときは、精神錯乱者にそうするように「召し捕るため」ではなく「取《と》り鎮《しず》めるため」に、拘束《こうそく》することは黙認される。

「いえ、『何もやってねえ』と盛んに言い立ててはおりやしたが、腕を払うといった体を使っての抗《あらが》いはいっさい」

三吉はそう言って首を振った。

二

「それで、俺の所へ相談しに訪ねてきたのか」

「いえ、それだけでしたら、裄沢様を煩《わずら》わせるようなことは考えませんでしたが──召し捕った御用聞きのほうに、見憶えがございましたので」

「……悪評のある男なのか」

「かなり。権太郎《ごんたろう》という名の者ですが、陰じゃあくちなわ、いや、段長太《だんながた》って呼ばれて忌み嫌われてるような野郎で。町方役人から釘を刺されたことも、何度かあるような悪党です」

くちなわは、蛇《へび》の別称である。陰湿で執念深い、という類《たぐい》の形容によく使われる言葉だ。

「普段の行いも褒められたもんじゃありませんで、飲酒《のむ》、博打《うつ》、女郎買《かう》いとなんでもござれって野郎だったそうでして――もちろん、世間一般のお人ならそれだけでどうしようもねえとまでは言わねえんでしょうけど、たかが御用聞きの分際でそんなことを常にやっていられるとなりゃあ、日ごろどんな勤めぶりなのかは推し量れるものでございましょう。

あっしが御番所から出される少し前のことになりやすが、確かやり方があんまりあくどいってんで、もう御用聞きの仕事には手を出さぬよう申し付けられてたはずです」

――三吉がここまで知っているということは、その御用聞きを使っていたのは北町の廻り方。麻布は日本橋川以南を受け持つ入来さんの受け持ちからははずれていたはず。すると……。

「その御用聞きに身を慎むよう申し渡したというのは、佐久間《さくま》さんか」

佐久間弁蔵《べんぞう》は、昨年まで定町廻りとして城南《じようなん》方面を受け持っていた男だった。

仕事上の不始末や不行跡《ふぎようせき》が重なり、すでに致仕《ちし》して隠居の身である。

「いえ。その御用聞きを使ってらして、仕事を取り上げなすったのは、安楽《あんらく》様でした」

安楽吉郎次《きちろうじ》は北町奉行所の臨時廻り同心の一人だ。臨時廻りは定町廻りや隠密廻りなどを長年経験した者が就任するお役で、定町廻りへの助言や指導、補佐にあたるのがその主な役回りである。

定町廻りと違って特定の担当地域は持たないが、それぞれに組むことの多い定町廻りはいる。

これには各々《おのおの》の定町廻りとの相性の問題も多少はあろうが、定町廻りが非番や特定の探索に掛かりきりになったようなときに代わりに市中巡回をするのも臨時廻りの仕事であるから、できるだけ普段から見回る土地の内情を知っていたほうが都合がよい、というのが主な理由だった。

臨時廻りも探索などでは御用聞きを使うが、手懐《てなず》ける者を江戸の市中一帯に「広く薄く」配置するより、特定の場所に集約させたほうが効率がよいというのも、よく組む定町廻りが偏《かたよ》る理由にはなっていよう。

ところで、怪我をした来合の代行で一時的に定町廻りを勤めた経験もあって、裄沢は多くの廻り方と親しく話せるような間柄になっているが、安楽とはあまり関わり合った憶えがない。

安楽が、廻り方の同心にしては珍しいほど、大人しげで言葉数が少ない男のせいだろうか。あるいは、安楽と主に組んでいた佐久間が裄沢のことを敵対視していたため、安楽自身も裄沢とは距離を置いていたのかもしれない。

もしそうであれば、御番所を辞めざるを得ないほどの佐久間の悪事が発覚した後は、余計に裄沢には近づきにくくなったであろう。佐久間の悪行に気づかなかったのか、その気弱な性格で看過《かんか》してしまったのかはともかく、臨時廻りとしては確実に定町廻りの指導を失敗《しくじ》っているのだから。

「召し捕ると脅して金を巻き上げるというなら別だが、実際に縄を打って引っ立てたとなると、その場にはいなくともまた町方の誰かと繫《つな》がったと考えるべきだろうな。

場所からして、佐久間さんの後を受けた立花《たちばな》さんだろうか」

また町方と繫がったというのは、廻り方に認められていなければ番屋にせよどこにせよ、縄を打ってまで引っ立てていった者の身柄を預ける先に困るはずだからだ。

立花というのは、佐久間の後釜《あとがま》に座った定町廻りの立花庄五郎《しょうごろう》のことである。御用聞きにはそれぞれ縄張りがあり、それは自分の住まいに近いところにならざるを得ないから、安楽から見放されたのであれば、その時点ではまだ廻り方ではなかった立花かと思ったのだ。

裄沢がいっときだけ定町廻りのお役を代行したときに近づいてきた御用聞きも、どきがいたように、着任早々なら与《くみ》しやすいと侮《あなど》られることもあろう。

——あるいは、南町《みなみまち》奉行所であの辺りを持ち場とする定町廻りか、その人と組むことの多い臨時廻りということもあり得るか。

ちなみに、御用聞きが己の権威付けに使う町方役人の手札は、必ずしもそのとき指図を受けている廻り方の同心から授《さず》けられた物とは限らない。何年も前に辞めた同心から頂戴した物を後生大事《ごしょうだいじ》に抱えている者もいれば、先に仕えていた同心と折り合いが悪くなって北町の同心から南町の同心へ宗旨替えをした《頼る先を変えた》のに、手札はまだ北町の同心からもらった物を堂々と振《ふ》り翳《かざ》している、というような手合いも少なからずいたという。

権太郎とかいう件《くだん》の御用聞きが従っているのは新任の立花か、という裄沢の問いに、三吉は首を振った。

「立花様がどういうお方か、あっしは直接お供についたりしたことがありやせんので人から聞いた話しか存じませんが、それでも定町廻りになったばかりのお方が大先達《だいせんだつ》である安楽様のご意見も聞かずに新たな御用聞きを使うことを決めるとは思えません。

それから、あの辺りを受け持つ南町の定町廻りの旦那は、確か内藤《ないとう》様というお方だったと思います。これも噂で聞いただけですが、かなりお堅いお人のようで、南北で所属先《ごばんしょ》は違えど臨時廻りの旦那から見放されたような御用聞きを受け入れるとは思えませんで。内藤様と組むことの多い南町の臨時廻りの旦那も、内藤様が顔を蹙《しか》めるような者を近くに置こうとはしないように思います」

内藤という南町の定町廻りについては、さほどに謹厳実直《きんげんじっちょく》だという噂が流れているようだ。

「で、その捕まった職人が何の罪に問われたのか、詳細まで調べたのか」

裄沢の問いに、三吉は真っ直ぐ見返してきた。

「昨日の今日で、まだ何も手をつけちゃあおりやせん。本日お会いできなかったら、さっそく明日にでも動き出そうとは思っておりやした。

けど、あっしはこれまで表にゃあ出ねえように動いてきたつもりですけど、それでも数が重なってきましたんで、裄沢様のお指図を受けてのこととお気づきになったお人もそろそろ出てきてるような気が致します」

裄沢からすればほとんどその心配はないように思えているが、廻り方の中で、幼馴染《おさななじ》みの来合を除いて最も親しく、かつまた最も老練な臨時廻りの室町《むろまち》には、薄々勘づかれている気配があった。まあ、相手が室町であれば、何かあったとしてもこちらの不利になるような振る舞いをしてくるとは考えられないが。

三吉は、裄沢をひたりと見つめたまま続けた。

「もしこたびあっしが下手ぁ打って探りを入れてるのが向こうさんに見つかっちまい、北町奉行所《きたのごばんしょ》の廻り方の捕り物に嘴《くちばし》挟もうとしてるなんぞと受け止められたなら、裄沢様にご迷惑をお掛けすることになるやもしれません」

だから、実際動く前に裄沢に断っておきたいということだったようだ。もし裄沢が「やめよ」とひとこと言えば、あっさり断念してしまいそうだ。

三吉らしい、律儀な考え方だった。

「構わん」

裄沢は、さらりと返した。

「町方の小者ではなくなって別な仕事に就いたそなたが、そなたの一存で疑問に思ってやることだ。それを俺にこじつけて考える者が出たならば、それは俺が対処すべきこと。そなたが気にすることではない。

ただし、探りを入れて何か判ったことがあれば、遠慮なく俺のところへ持ってくるがよい。町の衆であるそなたが、知り合いの町方である俺に相談を持ち掛けることも、誰に後ろ指さされるようなことでもないからな。

そなたの調べに気づいて何か言ってくるような者がいた場合も同じだ。決して己独りで決まりをつけようなどと無理をするでないぞ」

裄沢の即断と気遣いに、三吉は黙って頭を下げてきた。

ところで、と裄沢は三吉に水を向ける。

「そのように気にするところを見ると、召し捕られた職人やその家族は、そなたの存じ寄りなのか」

問われた三吉は、隠しごとがバレたというように申し訳なさそうな顔になった。

「別に隠すつもりはなかったのでございますが、どう申し上げればよいか言葉に迷ってしまいまして……。知ってると言えばそうなのですが、こっちが勝手に見知ってるってだけのこってして。向こうさんにすりゃあ、あっしのことなんぞ全く憶えてもいねえでしょう」

「ほう、それは？」

「ありゃあ確か、花祭り（灌仏会《かんぶつえ》。四月八日にお釈迦《しやか》様の誕生日を祝う催《もよお》し）のときだったでしょうか。家族揃って、増上寺《ぞうじようじ》にお参りに来たところを見掛けやして。

あっしはちょうど、出見世《でみせ》のほうを見回ってやしたんですが、掏摸《すり》がその職人相手に盗《しごと》みをしようとしてるのを見つけやしたんで」

路上で見ず知らずの者だけを相手に商いをする香具師は人見知りしていたので は売り上げにならない一方、客のほうも浮かれ気分だったり酒が入っていたりする者が多い。自然と騒ぎになるような状況が起きやすいが、そんなことが起きれば、祭りという大事な稼ぎどきに客が散って周囲一帯が商売上がったりに気弱《がくて》なってしまう。

香具師の元締がまず行うべきは、香具師たちへ事前に場所を振り分けることであるにせよ、商売の最中に余計な騒ぎが起きないよう子分らに目を配らせることも重要な仕事の一つなのだ。

「で、危うく盗まれるところを助けてやったのか」

「へえ。盗もうとするところをとっ捕まえて引っ立てましたんで、掏摸のほうへ気がいって、あっしのことはほとんど目にも入っちゃいなかったと思いやすが」

「しかし、そなたは憶えていると」

「……職人の子供の、妹のほうですが、ちょいと姪《めい》っ子に似ておりやしたんで、それで何とはなしに頭に残ってたんでございましょう」

三吉が奉行所から放逐《ほうちく》されるような悪事に手を染めたのは、長の患《わずら》いに苦しむ妹の娘の薬代《やくだい》をどうにかしてやりたいとの、やむにやまれぬ事情があったからだった。

その姪に似た幼子《おさなご》の目の前で父親が縄を打たれるところに行き合わせ、そのままには捨て置けなくなったのだろう。なにしろ捕らえたほうの悪行を以前から聞き知っていたのだから……。

ただしそうしたことがなくとも、三吉ならば目の前で繰り広げられた無法をやはりそのままにはしておかなかったようにも思われる。

裄沢は、坏を空けてから静かに言った。

「聞いておく――が、今の話だけでは動けぬぞ」

なにしろ、捕まえた人物に悪い評判があり、捕縛も正しくは行われていないというだけで、今のところは召し捕ったことそれ自体が誤りだと決めつけられるわけではないのだ。

三吉も判っているから、「へい」と納得の返事をした。

「先ほども言ったが、無理せずにできる中で調べてくれ。俺も、気には掛けておく」

裄沢の言葉に、三吉は深く頭を下げてきた。

三

八丁堀へと戻った裄沢は、己の組屋敷に帰ろうとして思い直し、少し手前で角を曲がった。向かったのは、臨時廻りを勤める室町のところ――裄沢が代役で定町廻りをやったときに、ずいぶんと世話になった先達の家である。

戸口で声を掛けると、家の主本人《あるじ》がわざわざ顔を出してきた。

「夜分に突然済みません」

「そんなこたぁいいが――今日、来合が同心詰所に顔ぉ出してったようだけど、お前《めえ》さんともども明日っから仕事に戻るそうだな。またいろいろと相談持ち掛けるかもしれねえけど、よろしくな」

「お世話になってるのは俺のほうですが、こちらこそ今後ともよろしくお願いします」

「で、わざわざそんなことを言いにきたわけでもなさそうだけど、また何かあったのかい？」

こんな時分に室町のところを訪ねるのは二度目だが、心配そうに声を掛けてきたには理由がある。前回ここへ来たのはまだ裄沢が定町廻りを勤めていたころ、正体を暴《あば》きながらも逃げられた盗賊の首魁《しゅかい》に待ち伏せられ、脅《おど》された直後のことだったのだ。

「いえ、ちょっと御番所だと話しづらい相談ごとがあったもんですから。都合が悪ければ日を改めますが」

これで済むのは、前から親しい間柄だということは当然あるにせよ、室町のお役が休みの日でも夜中でも騒動が起これば呼び出される廻り方で、普段から慣れているためだ。案の定、嫌な顔ひとつされることなく、すんなり中に通してもらえた。

お内儀は、前回お邪魔したときと同じく茶を出して軽く挨拶しただけで、案内された座敷から退出した。部屋に残ったのは、裄沢と室町の二人だけだ。

「で、どうしたい」

裄沢が軽々しくこんなことをしてくる男ではないと承知している室町が、真顔で問うてきた。

「実は、室町さんとご同役の安楽さんのことを聞ければと思いまして」

「安楽さんのこと？　あの人と、何かあったのかい」

「とりあえず、あったことだけ先にお話しします」

そう断った上で、裄沢はくちなわの権太郎なる御用聞きによる捕り物の一件の話をした。

「――ということですので、権太郎によるその捕り物が誤りだったとも、まだ決めつけてはおりません」

じっと話を聞いていた室町は、裄沢の説明が一段落ついたところで疑問に思ったことを口にする。

「なるほどねえ――まあ、その権太郎ってのが一度は御用聞きの仕事を控《ひか》えさせられたってんなら、あんまり筋はよくねえ野郎だって見られちまうなぁ仕方ねえわなぁ。その上で捕り物んときに近くに町方の姿がねえのに、ろくに抵抗もしてねえ男をふん縛ったってんなら、お前さんのウケがよくねえのも当然だしな」

そう言った室町は、「お前さんが訊きてえのは、安楽さんの為人《ひととなり》だったな」と呟きながら裄沢へ視線を送る。

「お前さんだってもう二十年も町方役人やってるとなりゃあ、安楽さんの名前《なめえ》ぐれえは前々から聞いたことがあったと思うけど、あのお人も廻り方んなってずいぶんになるなぁ」

「ええ、俺が御番所に初出仕したときには、もう定町廻りをなさってたような記憶があります」

「まあ、そうだろうな——あの人も最初はもちろん定町廻りからで、そのこらぁ『鬼の安楽』なんぞと陰で呼ばれるような、厳しいお人だったよ。お前さんみてえに、見習いで入ったばかりの者《もん》でも噂ぁ耳にするぐれえのな。咎ありと見なしやあ、誰彼構《だれかれかま》わず容赦《ようしゃ》なくビシビシ引っ括《くく》ったようなお役人さ。

そんな人が隠密廻りにお役替えになったなぁ、ご改革が始まっていくらか経ってからのことだったと思う。で、それまで悪党どもへ向けてた取り締まりの目をそのまんまご同輩連中へ向けたもんだから、ずいぶんと反発を喰らってなぁ。もともと安楽さんのやり方にゃあ『厳しすぎる』って声はあったんだけど、その矛《ほこ》先《さき》が自分らのほうへ向けられるようんなったから、みんなから嫌われるようになっちまってな」

　当時の老中首座・松平定信が推し進めた寛政の改革では、庶民層にまで質素倹約《しっそけんやく》・贅沢禁止《ぜいたくきんし》が強く求められた。そのための指導と摘発《てきはつ》の役目は無論のこと町方へ回ってきたのであるが、お上の急な方針転換にそうそう庶民がすぐについてはいけないことを、常より町の者と深く関わっている町方役人たちはよく知っていた。

　日ごろから町の衆とばかり関わるのが仕事の町方の考え方は、他の幕臣たちより町の衆にずっと近くなる。であれば、心情的に取り締まりに「手心を加える」ような町方役人が多数に上るのは当然のことだった。

　しかし、それを放置していては改革の実効が上がらない。改革の主導者たちは、自分らの指示に十分従わない役人たちの摘発を、同じ役人に求めたのである。町方でいえば、主に隠密廻りにこの役目が回ってきた。

　安楽が定町廻りから隠密廻りへお役替えになったのは、おそらくこの「役人の摘発」を厳しく行ってくれることを期待してのものであったろう。そして安楽は、上の者の期待に十分応えたのだと思われる。

「安楽さんが隠密廻りやってたなぁ、ほんの三年やそこいらのことだったと思う。その後《あた》ぁまた定町廻りに戻ったんだけど、ずいぶんと人が変わっちまってよ」

「人が変わった？」

「ああ、すっかり角《かど》が取れて、丸くなっちまった。以前のギスギスしたとこなんざ全くなくって、大人しいもんさ。だから、あれだけ腕っこきと言われたお人が、古町のほうじゃあなくって、赤坂《あかさか》界隈なんて定町廻りからすりゃあんまし活躍の場もねえほうへ持ってかれたんだろうなぁ」

「すると、辞めた佐久間さんの前に城南方面を受け持ってたのが、安楽さんということですか」

「ああよ。そっちの受け持ちの定町廻りやって、これもほんの二年やそこいらで臨時廻りに移った後も、佐久間さんやその後任の立花さんって、自分が最後に預かった場所を受け持つ定町廻りと多く組むようになったな」

「佐久間さんが、後手に回って盗賊一味を取り逃がしたことがありましたね。あのとき、安楽さんは？」

　裄沢が来合の代わりに定町廻りをやっていた間のことである。深川で起きた盗みを調べた裄沢は、盗賊一味が見世物の一座に扮していると推測し、室町経由でその考えを佐久間に報せた。が、佐久間は廻り方になって日の浅い裄沢の意見を軽視し、結果一味を取り逃がしてしまった。

室町からの報《しら》せは、佐久間と組むことの多い安楽にも伝えられたのではと考えての問いである。

「あのこらぁお前さんも廻り方だったし、何よりお前さんから出た話だったから、おいらに訊かずともよく知ってんじゃねえのか」

「安楽さんが隅のほうで小さくなってたような憶えはありますが、俺は新参者で来合《ごうじろう》が復帰するまでと期限も決まってましたので、あまり余計なところまでは関わらないようにしてましたから」

「まあ、いろいろと鋭《するで》えとこぉ見せてくれる割にゃあ、ずいぶんと遠慮しぃだってのは、お前さんと付き合うようんなって判ってたけどな――それにしちゃあ、思わぬとこでバッサリ大胆なことぉやらかすから、なんべんもビックリさせられたけどよ」

今さらながら呆れた口ぶりで評された裄沢は小さく頭を下げる。室町は気を取り直して本題に戻った。

「お前さんが見てたとおり、安楽さんはずいぶんと恐縮した様子だったたねぇ――

そんときだけじゃあなくって、ほら、内与力だった古藤《ことう》様たちに佐久間さんも加わってお前さんをハメようとした一件でも、ことが明らかんなった後は、身を縮めてたよ。そのころのこたぁ、自宅で謹慎してたお前さんは知らねえかもしれねえけどな」

裄沢をハメようとしたというのは、裄沢が内々で相談を受けていた商家の家内のゴタゴタに佐久間らがちょっかいをかけ、裄沢を失敗らせて面目を失わせようとした一件である。

事前に察知した裄沢により、大きな騒動に発展しかけた商家のゴタゴタについては佐久間らに責任を押しつける形で騒ぎを収拾すると同時に、悪さを仕掛けてきた連中を返り討ちにしたのだった。

「まあ、あんときゃあ呆れたけど、ありゃあどう考えても佐久間さんらが悪いわな——そんなこたぁどうだっていいか。そんときの安楽さんだよな。

ずいぶんと小さくなって、ションボリしてるように見えたねえ。『あたしが上手《うま》く助言もできないもんだから、佐久間さんがあんなふうになっちまって』って、肩ぁ落としてたよ」

と思い出しているうちに何か気になったのか、裄沢へ目をやる。

「そういやそんとき、安楽さんはお前さんとこへ頭ぁ下げに行かなかったのかい」

「いえ――こちらは家で逼塞《ひっそく》してましたんで、来るのを遠慮してたのではないでしょうか。

ところで、安楽さんは昔から自分のことを『あたし』と言っていたのですか？」

「そういや、以前は『おいら』だったな。変わったのは、隠密廻りから定町廻りに戻った後だったか、臨時廻りになってからだったか……。

いずれにしろ、言い方が変わった当時はずいぶんと妙な気がしたのぉ、お前さんに言われて今思い出したよ」

「そんな丸くなった安楽さんですが、いったん自分で取り上げた御用聞きの仕事を、心を入れ替えたかどうか十分確かめもせずに、また権太郎に任せるようなことをやるようなお人でしょうか」

「うーん、どうだろうねえ。実はこれもお前さんと話してるうちに思い出したんだけど、権太郎とかいう御用聞きから仕事を取り上げたときのこたぁ、おいらも多少は見聞きしてたんだ」

「それは、どういう話で？」

「うん。安楽さんがそれまで権太郎を窘《たしな》めるようなことをしてたのかどうかは知られえけど、あの辺りを受け持つ南町《みなみ》の定町廻りから、でえぶ強硬な苦情が寄せられたらしくてな」

「内藤さんでしたか……」

「ああ、ずいぶんと堅《かて》えお人らしいねえ」

臨時廻りに特定の受け持ち地域はないとはいえ、手先として使う御用聞きにはそれぞれの縄張りがある。その御用聞きが見過ごしにできないほどの悪さをすれば、その地を受け持つ定町廻りとしては指図する廻り方に苦情を持っていかざるを得ない。

同じ北町の定町廻りでは、自分の指導役にあたる先達には遠慮があってものを言いづらいだろうし、南町の廻り方だと北町のやり方に口を挟むのはどうかと逡巡《しゅんじゅん》する向きもあるだろうが、そこは「お堅い」と北町にまで評判が聞こえてくる内藤のこと、ズバリと意見を言ってきたのかもしれない。

室町の言い方からすれば、安楽は自分の意志でというより、内藤からの突き上げで動かざるを得なくなって権太郎を切った、というふうに聞こえた。

――すると、また権太郎を使うようになったというのは、内藤さんに対して

「ほとぼりが冷めた」と考えたからか。室町さんから聞くところの今の安楽さんなら、権太郎から執拗《しつよう》に求められれば受け入れてしまうようにも思えるし。

「新任の立花さんとは、どうなんでしょうか」

権太郎の存在を立花は知っていて、何も言えずにいると思うか、という問いである。

「立花さんは立花さんで、苦労してる様子だねえ。暖簾に腕押《うでお》し——っつちゃあ言い過ぎになんだろうし、ビシビシやられんのも辛《つれ》えものがあんだろうけど、ユルユルでまともな反応も返ってこねえってのもなぁ。このごらぁ、安楽さんじゃあなくって、相談ごとがあると筧《かけい》さんや藤井《ふじい》さんとこに持ち込んでるって話も聞いたなぁ」

藤井は、立花の担当地域の北西側で隣り合う江戸城《おしろ》の西側を受け持つ定町廻り、筧はその藤井と組むことの多い臨時廻りである。反対側の東隣を受け持っている入来は、日本橋南から品川《しながわ》の手前の高輪《たかなわ》まで、六人いる定町廻りの中でも最も忙しいうちの一人だから、入来と組むことの多い臨時廻りを含めて相談を持ち掛けづらいところはあるのだろう。

「うーん。お前さんの話ぃ聞いてて、こいつぁちょいと任せっきりにし過ぎてたかなぁと思えてきたな。明日にでも、筧さんらとちょいと話ぃしてみらぁ」

そう反省を述べた目を、「ところで」と裄沢に向けてきた。

四

「お前さんがやろうとしてるなぁ、廻り方に横槍《よこやり》を入れるってことだぜ」

「はい」

「そいつを判ってて、あえてやろうとしてるんだよな」

「実際に口を出すところまでやるかどうかはまだ決めてません。しかしこんな話を聞いてしまった以上、座視したまま放置しておく気にはなれません。とりあえず調べられるところは調べて、後はその結果でどうするかを決めようと思っています」

「……権太郎ってえその御用聞きの召し捕りが、間違ったものだたぁまだ決めつけられねえってか」

「はい」

「にもかかわらず、お前さんにしちゃあずいぶんと先走ったことぉやらかしてるとは、自分で思わねえかい？　いつものお前さんなら、まずは権太郎がその職人をどういう罪で捕らえたか、そっからじっくり探ってるんじゃねえか。おいらに話を持ってくんなぁ、そこで何かの確証を得た後だろう。

どうもこたびのお前さんのやり方ぁ、順番が引っ繰り返ってるように見えちまうんだけどな」

室町から指摘を受けた裄沢は、落ち着いた口調で「そうですね」と応じて一拍空け、それから頭の中で纏《まと》めた己の考えを口にした。

「まず、権太郎がどういう罪で坂下町の職人を捕らえたか、それは今探らせている途中です。探った結果、捕り物のやり方にはマズい点があったにせよ、捕らえたこと自体は間違いではなかったということになるかもしれません。

そのときには、今こうやって室町さんにご迷惑を掛けていることが全て無駄骨になってしまうのですが、それでもすぐにやれることは、前もってできるだけやっておくべきだ、という気になっております」

「それは、なぜ？」

「入牢証文《じゅろうしょうもん》が出てからでは遅いからです。権太郎がどれほど人を見る目があるかは知りませんが、悪い御用聞きだという評判が正しいとすると、召し捕った男は吟味方から厳しい詮議《せんぎ》を受ければやってもいない罪でもすぐに認めてしまうような男だと見なして濡れ衣を着せたのかもしれません。

だとすると、入牢証文が出て小伝馬町《こでんまちよう》の牢屋敷送りになってしまえば、その日のうちにも口書《くちがき》（供述調書）が取られ、爪印《つめいん》（当人が罪を認めて押印《おういん》する）が押されてしまうでしょう。いったんそうなってしまえば、捕り違え（誤認逮捕）だと明らかにするのがとても難しくなってしまいます。

入牢証文発行の願いが出されたならば、それを用部屋手附のところに留めておける期間はそう長くはありません。下手をすれば当日中にも、吟味方あたりから問い合わせが来てもおかしくはありませんので」

町奉行所には体面があり、そこで働く町方にも自己保身の感情はある。

単に嫌疑が掛かっているということで大番屋へ引っ立てただけなら、間違いがあったときにはすぐに修正がなされ得る。しかし入牢証文が出て牢送りになってしまえば、さらにはお裁きが下って処断された後に冤罪《えんざい》が発覚するようなことにもしなったなら、奉行の引責や関係した町方の処分を検討せざるを得なくなる。

そんな事態は免れたいという感情《おもい》は、どうしても生じてしまうのが人情というものであろう。

従って、咎人と目される者を牢送りした後だと、その者が実は無実であると認めさせるのがどんどん難しくなっていくのだ。裄沢が焦ったようにも見える行動に出ているのは、このためだった。

さらに、裄沢は続ける。

「それから、確かに俺は権太郎による召し捕りが誤ったものだとは言い切れないとは言いましたが、まず間違いなく召し捕られた職人は濡れ衣を着せられているだろう、と思ってもいます」

「……なぜ、そんな考えを？」

「権太郎による召し捕りを目撃し、それを俺に伝えてきた者を、信頼しているからです」

「そいつが、権太郎のやり口は怪しいと？」

「はい――もう薄々察しておられるだろうと思いますし、室町さんだから言ってしまいますが、俺が定町廻りをやっていたときに陰から手助けしてくれていた男がいました。

元御番所の小者の、三吉です。三吉がいなければ、佐久間さんらの悪巧《わるだく》みを事前に察知することはできませんでしたし、それよりもまず最初に御用聞きを自称して近づいてきた亥太郎《いたろう》と名乗る破落戸《ごろつき》に目をつけられたときにも、上手く対処できてはいなかったと思います」

「お前さんならそんなこともなかったように思うが……まあ、そう言うなら助けられたことは確かなんだろうな。

三吉か。急に辞めちまったけど、実直で腕もある野郎だったな。まあ、お前さんが言うように、まともに手先もいねえはずのお前さんがいろいろと探り当ててくんのは不思議だったし、あの男があるいは、と思ったことがねえでもなかったが――あいつが辞めたときゃあ、お前さんはまだ廻り方のほうに移ってきちゃあいなかったはずだけど、どういう知り合いだい」

三吉が奉行所を辞めた事情について室町にわずかでも知るところがあるかどうかは判断がつかないが、裄沢から話すべきことではない。問われたことへの前提として自分から逸《そ》らす形になった話を、元の方向へ戻すことにした。

「その件はともかくとして、権太郎が職人を召し捕るところを目撃したのも、権太郎がどういう男かを俺に教えてくれたのも三吉です」

室町は、わずかに黙って裄沢を見つめる。それからおもむろに口を開いた。

「三吉が言ってることだから、お前さんは信じたと――まあ、そいつは判った。

で、お前さんが入牢証文発行の願いを差し止めて、こうやっておいらに会いに来てる間に、何とやらいう職人が捕らえられることんなった経緯《いきさつ》や権太郎の様子を、三吉が調べてるとこだってことだよな」

「はい」

「ときはそうねえってことだったが」

「明日、調べられたところまでの報告を受けることになっています」

「そうか……その場に、おいらも立ち会えるかい」

「三吉は、辞めるにあたって御番所を憚《はばか》る気持ちを覚えておるようですが……まあ、室町さんなら大丈夫だと思いますので」

「御番所を憚っていながら、お前さんの手先は勤めてると……まあ、いいや。それなりの事情はあるんだろうしな。言いたくねえものを諄《くど》かぁ訊かねえ」

事情を話せないことに申し訳なさを感じながら、裄沢は頭を下げた。顔を上げ、改めて「ところで」と呼び掛ける。

「俺にこうやって話を聞かせてくださるだけでなく、三吉が調べたことにまで首を突っ込んでしまって大丈夫なのですか」

「大丈夫かって、安楽さんに遠慮しねえでそんなことまで、やってもいいのかってことかい？　なら、気にすんねえ」

緊張を解いた顔で裄沢を見て続ける。

「お前さんが『三吉が申し立ててきたことなら』って言ってんのと、おんなしだ。そりゃあ付き合いは安楽さんとのほうがずっと長《なげ》えが、このごろの振る舞い見てりゃあ、どっちを信用すんのかなんて、これっぽっちも迷うところなんざねえぜ」

その言葉に、今度は深く頭を下げた。


ようやく自宅に帰り着いた裄沢は、寝床の中で室町から言われたことをもう一度反芻《はんすう》してみた。

町方役人として、不当に捕縛されるような者を出してはならない——これは、言われるまでもないことだ。その一方で、役人にはそれぞれの職分があり、他の者の職分へ勝手に手を出すのは全体の統制を乱す行為となる——これもまた、しごく当然の節理《せつり》であった。

裄沢が室町まで巻き込んでやろうとしているのは、この当然の節理に反することなのだ。しかも裄沢はこれまで、江戸の町のどこかでいくつかはそうした事案が生じているであろうことを承知しながら、わざわざそれを捜し出して解決しようとしてはこなかった。

あの三吉があえて言ってきたことだから、というのは十分な理由にならない。知ってしまったからには、などというのは奉行所の組織を無視した自分勝手な振る舞いでしかない。町奉行所はそうした理不尽《りふじん》をなくすことも期待されていて、そのための権能が（裄沢のお役とは関わりない部署《ところ》ではあるが）しっかりと与えられていることになっているのだから。

――では俺は、ここで関わり合うのをやめるべきか。

そうした決断も、したくはなかった。

――なぜか。

裄沢は、この一件を知って以降のあれこれを思い返してみた。そこで、思い当たることが一つあった。安楽という人物についてである。

室町の語るところによれば、安楽はかつて敏腕の廻り方として鳴らしながら、今は見る影もなく燻《くすぶ》っているようだ。にもかかわらず、お役は替われどいまだ廻り方の一員で在り続けている。その姿が、裄沢には一人の男と重なって見えた。元の吟味方与力、瀬尾である。瀬尾は己の出世のために無辜《むこ》の町人を罪に陥れんとしたことなどが発覚して奉行所を去り、後にさらなる悪事も明らかになって江戸の地からも追われた。

その瀬尾が能力を疑われながらも吟味方で在り続けたのは、当人を抜擢した当時のお奉行が、その直後に急死したからだと聞かされたことがあった。ご改革の信奉者であった前任奉行と下僚たちとの軋轢《あつれき》で生じた混乱を収束させるのが、相当な負担になって死に繋がったのではないかという負い目が、その遺志《いし》とも取り得る人事の修正を周囲に思い留まらせたのではないかというのだ。

裄沢の目には、安楽の処遇にも似たような配慮が働いているのではないかと見えるところがあった。

安楽が孤立し、仕事への熱意が失せた経緯には、ご改革に基づくお役替えが大きく関わっている。安楽は、上役からのお指図を受けてそのお指図に忠実に従い、望まれる成果を上げたのだ。にもかかわらず廻り方からの排除という左遷《させん》を行ったりすれば、いかに上に立つ者が変わったからといっても人事の正当性には疑問と反発が生じたであろう。

——ゆえに安楽さんは、人が変わったように仕事の熱意を失っても廻り方からはずされるようなことにはならずにきた。

裄沢には、そう思えてしまうのだ。

――であれば、人が変わっても安楽さんをそのまま廻り方にしておくのは仕方のないことなのか。

それはまた別の話であろう。廻り方はたった十四人で江戸の町全域の治安を守っているのだ。十分な力を発揮せぬ者が一人いれば、庶民の暮らしに及ぼす影響は、他の多くの町方のお役では比較にならぬほど大きなものとなるはずだ。

――だから、安楽さんを排除しようとしているのか。俺は、安楽さんに瀬尾の姿を重ねて八つ当たりをしようとしているだけではないのか。

そうも自身に問い掛けたが、やはり途中で調べを放棄する気にはならなかった。

――ともかくまずは、己の出来る範囲で調べてみよう。それで特段疑わしきことが出てこなければ、そこで打ち切ればよいではないか。

そう結論づけて、考えるのをやめた。

――明日は、十分に気を配りながらやらねばならぬことが多い。なれば、頭をスッキリさせておかないと。

そう己に言い聞かせて目を瞑《つむ》った。

五

夜が明ければ、自分の意思で行っていた謹慎を解くよう命ぜられて、仕事へ正式に復帰する初日である。

心機一転、己に託されている御用部屋の仕事に取り組むべきなのであるが、まるでそれを狙ったかのように新たな厄介ごとが押しつけられている。まあ、知らぬふりをして邪険に扱うようなつもりはわずかもないのだが。

「お早うございます」

御用部屋の前でいったん足を止めた裄沢は、一つ息を吐いてから中へと踏み込み、誰へということもなく挨拶の言葉を口にした。

「お早うございます！」

いつもは適当な返事がパラパラと寄越《よこ》されてくるだけなのに、今日は元気一杯な返答があって面食らった。

こんなことをするのが誰かは確かめずとも判る。案の定、新任内与力の鵜飼が満面の笑みを浮かべてやってきた。

「裄沢殿。本日よりよろしくお願いします」

「こちらこそ――それで、どのように進めていけばよろしいでしょうか」

「とりあえずは横で見させていただきますので、裄沢殿にはいつものように仕事をしてもらえればと」

「判りました。それでは段取りを説明しながらやっていきますが、判らぬところがあればいつなりともお尋ねください。ただ、鵜飼様は内与力として知っておくべきことを把握なされればよいだけで、用部屋手附の仕事にそのまま従事されるわけではありませんから、説明はざっとしたものに留めていちいち細かいところまでは申し上げませんので。とはいえ疑問に思ったことがあれば遠慮なく訊いていただければと」

「判りました。よろしくお願いします」

　用部屋手附同心は内役として、町奉行が行う様々な業務の下働きをするのがその任となる。

　実際になすべきことも多岐に亘り、たとえばお白洲《しらす》に関わることだけでも、廻り方からもたらされた入牢証文発行の願いに対しては、実際の作成を行うだけでなく、疑義あれば申請者のところへ出向いて確かめるようなこともやる。お裁きについての原案の起草も行うが、そのためにはまず、吟味方が行う取り調べで作成された口書や、お白洲での詮議の内容を書き留めた記録にきちんと目を通して、これも疑問があれば吟味方で話を聞かなければならない。

そして実際にお奉行が申し渡すお裁き（軽い罪の場合は吟味方与力が代行することもある）の原案を起草するにあたっては、多くの場合どのような処罰を下すかについての指示があるのだが、それを鵜呑《うの》みにしたのではまともな仕事をしたことにはならない。

疑義があれば書物蔵での調べ物や例繰方《れいくりかた》を訪ねての相談などをすることになるし、それ以前に、お奉行からの求めに応じて、どの程度の処罰が相応《ふさわ》しいかから調べて報告することもある。いずれにせよ、どうしてこの処分に疑義があるか、あるいは妥当であるかの根拠として、きちんと前例を踏まえて説明しなければならないから、疎《おろそ》かにはできないのだ。

とはいえ、今のお役を長いこと続けている裄沢にすれば、すでに手慣れた仕事であった。まあ「長いこと」というのは、あくまでもこれまで自分がやってきた数々のお役の中では、という意味なのだが。どこへ行っても厄介者扱いされてきた裄沢は、今のお役に就くまで、これほど同じお役に従事し続けたことがなかったのである。

ただし、その手慣れた仕事でも、やりつけない状況に今の裄沢は置かれている。新任内与力鵜飼に、べったりとまとわりつかれているのである。それは、ところ構わずという表現がこれほど当てはまるのかというほどで、執務中ばかりでなく昼飯のときまでずっと隣に張り付かれているのには閉口した。

御番所にいる間に一人きりになれて気が休まるのは、厠《かわや》へ行ったときぐらいのことなのだ。それもときおり、「連れション」なる行動を取られて潰されてしまうのだが。

同役の中では他より裄沢と親しく見える分、割《わり》を食っているとのあらぬ被害感情を抱いているらしい水城が、今日は気の毒そうにこっちを見ている視線になぜか無性に腹が立った。

「これか……」

裄沢は、一枚の書付を手に思わず呟きを漏らした。

牢に入れる者は、坂下町裏店八千代長屋《やちよながや》住人、大工民三《たみぞう》とある。まず間違いなく、昨夜三吉が語ったところの権太郎が召し捕った職人であろう。

申請者は臨時廻りの安楽であったから、やはり安楽が権太郎を再び使うようになったと考えてよいはずだ。

二日前の夕刻に捕らえられた民三はひと晩番屋に留め置かれて、昨日権太郎から安楽へ報告されるとともに大番屋へ移送。その日の夕刻か本日朝にこの書面が安楽から提出されて、今自分の手許《てもと》にあるといったところか。

申請の書面によれば、民三に掛けられた嫌疑は金七両の盗みであった。

相も変わらず隣に張り付いている鵜飼が、裄沢の様子に即座に反応した。

「ん？　何かござったか」

「いえ、別に」

裄沢は無表情を装ったが、鵜飼は構わず手にされた書付を覗き込んできた。

鵜飼へ仕事を教えるのは上役である深元から正式に申し渡されたことだから、邪険に振り払うようなことはできない。そうでなくとも、鵜飼も成り立てとはいえ自分の上役に当たる人物であるし。

裄沢は、仕方なく手にした書付を鵜飼に渡した。

「ふむ。入牢証文発行の申請ですな――これが、何か？」

「いえ、書き間違いがあったように思えたのですが、それがしの見間違いにござりました」

鵜飼は、何ら疑うことなく「そうですか」と書面を返してくる。

受け取った裄沢は、処理をせずにそのまま重ねられた書付の束の一番下へ戻した。

「？――入牢証文は出しませぬので？」

「似たような願いが他にもあったように思いますので、後で纏めてやろうかと」

「……そうですか」

いちおう得心したような口ぶりだが、違和感を抱いたようだ。

「これまでは鵜飼様へのご説明のために、それぞれの仕事の流れが判りやすいよう、一つひとつのものを最初から最後まで通す形でやって参りました。しかし実際には、ある程度区切りのところまで進めたなら、それぞれの纏まりにしてから手をつけたほうが、纏まりごとに同じ作業を連続して行えるため、早く終えられることもあるのです」

「なるほど。拙者これまで供廻りなど外の仕事が多く、書き仕事には慣れませぬで気づきませんでした。丁寧な説明は助かります」

「いえ、鵜飼様へのご説明もそれがしの仕事にございますので――纏めたほうがとは申しましたが、慣れるまでは一つひとつのことを別個に、丁寧にやっていったほうが誤りが少なく、直す手間まで考えれば結局は早くなろうかと存じます」

「……そうですね。裄沢さんの話は、たいへんためになります」

裄沢は、心の内でそっと溜息をついた。

鵜飼には自分に対して丁寧な言葉遣いはやめるよう、名も呼び捨てでいいと言ったのだが、「知らないことを教えてくれる先達に対してそんなわけにはいかない」と、全く聞いてはもらえなかったのだ。

その上で見つけた書付について誤魔化したのだから、罪悪感を覚えずにはいられなかった。次の言葉を足したのは、そのせいだったろう。

「それに――」

「？」

「少々思うところもありまして」

「思うところ？」

「何とはなしに引っ掛かるものを覚えているというだけですので、上手く言葉にはできずにおります。なので、しばらくそのままにしておけば、あるいは思いつくとがあるかもしれないと」

祈沢の言い訳に、鵜飼はポンと手を打つ。

「ああ、そういうこともありますな。拙者などは、気が急《せ》くままにとにかくやってしまって、後から後悔するようなことが往々にしてありますから」

町奉行所の中で奉行と最も親《ちか》しい立場にある内与力というお役の威厳など、毛ほども感じられないような言いようだ。

これが「後から後悔」のもの言いかと思いながらも、そういう口を利かせたことに、なぜかさらに罪悪感が募《つの》るのだった。

その日の仕事終わりを迎えるころには、体の疲れはともかく気疲れを強く感じていた。

書付の山の一番下に入れ込んだ入牢証文の申請は処理しないまま仕事を終える。幸い、それを鵜飼に追及されることはなかった。

御用部屋で鵜飼に別れを告げ、ほっとしながら廊下へ出る。いつもなら玄関脇の式台から建物の外に出て表門へ向かうのだが、そこでチラリと背後を振り返った。

裄沢同様、仕事を終えて帰宅しようという内役たちが何人かいるが、鵜飼の姿はなかった。

　裄沢は、玄関の前で右に折れて廊下の先へ進んだ。吟味方の与力同心が詰める吟味所へ足を向けたのだ。

　開けられたままの襖《ふすま》からそっと中を覗くと、まだ奥に座したままの甲斐原之里《かいばらゆきさと》と目が合った。甲斐原は裄沢とさほど違わぬ歳でありながら、吟味役与力の中でも最上位にあたる本役に任ぜられている若き俊英である。

　本来用部屋手附同心でしかない裄沢とは仕事上の関わり合いはほとんどないはずだが、直接いくつかの依頼をされるなどなぜか過分に信用されている気配があった。

　甲斐原の厚意に甘えるのには逡巡を覚えるが、それでもここへ来たのは「やらねば」との義務感に突き動かされてのことだ。

「おう、裄沢さん」

　甲斐原は軽く手を上げて気軽に歩み寄ってきた。

「まだお仕事が残っておられるのに、申し訳ありません」

「なんか、吟味方に用かい」

「少々甲斐原様にお聞きいただきたいことがありまして」

「おいらに？　人のいねえところのほうがいいかい」

「できますれば」

判ったと応えた甲斐原は、先に立って吟味所を出た。裄沢が後を追うと、お白洲に面する裁許所《さいきょじょ》手前の次の間（内座の間手前の次の間とは別の座敷）の襖をガラリと開けて踏み込む。

戸口に佇《たたず》んだままの裄沢を振り向いて言ってきた。

「こんな刻限だから、もう誰も使ってねえ。ここならいいだろ——ああ、襖は開けたままにしときな。誰か来たら判るようにな。もっとも、おいらたちが話してるとこぉ目にすりゃ、向こうのほうが遠慮して去ってくだろうけどよ」

裄沢は、甲斐原の心遣いに頭を下げた。甲斐原は気にもせずに問い掛けてくる。

「で、どうしたい？」

「本日御用部屋に来た入牢証文発行の依頼のうちの一件について、吟味方から催促があっても一、二日留め置くことはできないかという相談です」

町方役人や御用聞き、あるいは町の衆などによって引っ立てられた者のうち、説諭《せつゆ》や手鎖《てぐさり》（自宅拘禁《こうきん》）程度の軽いお叱りで済む場合は、番屋に連行されることになる。

それでは済まずにお裁きに掛けるかどうかの判断が必要になる場合、まず留置されることになるのが、南北の町奉行所からさほど遠くない場所に数カ所設けられた大番屋であった。ここでの取り調べでお裁きに掛けることが必要と判断された者が、小伝馬町の牢屋敷へと送られるのだ。

廻り方や吟味方が勝手に連れていっても牢屋敷側は囚人を収監することはなく、必ず入牢証文が発行されていなければならなかった。これを請求するのは、現行犯や当人が自白しているなど、まず罪が明らかな場合は捕らえた町方が行い、疑わしいが当人は否定しすぐに断定できない場合などは、大番屋でざっと詮議に掛けた上で容疑の確かさを判断した吟味方が申請した。

こたび窃盗《せっとう》の疑いが掛けられた民三の場合は、おそらくはこれまで罪を犯して裁かれたことはないであろうから、もし罪有りとなってもせいぜい敲《たた》きか追放刑程度の処罰で終わるので、まだ当人が罪を認めていなくとも廻り方である安楽が入牢証文を申請し、牢屋敷に収監してから吟味方の本格的な詮議を受けさせるという流れだったのだろう。

ただちょっと引っ掛かっているのは、三吉の目撃談によれば民三は罪を認めていないのに、吟味方に大番屋での詮議を委《ゆだ》ねることなく、安楽が自分で入牢証文の発行を申請してしまっているという点だ。

民三が牢屋敷に収監された後で初めて詮議に取り掛かる吟味方は、「臨時廻りのような熟練の廻り方が牢に入れる手続きを取っている以上、罪は明白」と決めつけて調べにあたることがないとは言い切れない。

多額とまではいえない盗みの事案であるから詮議するのは経験浅い者になると思われるし、捕らえられたときに罪を認めていながら詮議になったとたんに無実を訴え始めるような咎人は珍しくないため、民三の訴えが認められるかも疑わしい。

悪意に取れば、安楽はそれを狙って自分で入牢証文発行の願いを出したとも受け取り得るのだ。

裄沢の返答を聞いて、甲斐原の目が鋭くなる。

「捕り違えってことかい」

「それを調べるために、しばしときをいただきたいということです」

「……まだ、はっきりゃあしてねえと？」

「牢へ送られて厳しい詮議を受けると、やっていないことでも認めてしまう懼《おそ》れがある者です。できれば、それは避けたいかと」

「まあ、口書取ってから実ぁ無実だったなんてことになるよりゃあ、マシか」

判った、と軽く答えた甲斐原が続ける。

「吟味方から催促があったときゃあ、おいらが差し止めを了解してるって言ってくれりゃあいい」

「！　まずは事情のご説明を」

「いや、そいつは捕り違えがあったかどうか、お前《めえ》さんの判断が出てからでいいさ」

あまりにあっさりした了承に、願い出た裄沢のほうが呆気《あっけ》に取られた。

「お前さんのこった、理由もねぇのに人の仕事ぉ滞《とどこお》らせるようなこたぁしねぇってのは、前っから判ってることだからよ」

甲斐原の信頼に、裄沢はただ頭を下げるばかりである。

「じゃあ、結論が出たらおいらにも知らせてくんな」

そう言って、甲斐原は裄沢をその場に置いて己の仕事場へと足を向けた。

「お忙しいところを、申し訳ありませんでした」

その後ろ姿に向かって頭を下げると、甲斐原は向こう向きのままヒラヒラと上げた右手を振って去っていった。

甲斐原を見送った後、裄沢は今度こそ奉行所を出るべくまた玄関のほうへ足を向けた。

六

北町奉行所を出た裄沢は、途中の京橋川を渡る比丘尼橋の袂《たもと》で室町と落ち合った。奉行所から行動をともにしなかったのは、帰宅の途につく他の与力同心たちの余計な関心を惹《ひ》かないためである。

権太郎による召し捕りが間違いだとは、まだ断定できないから慎重を期したというのはもちろんだが、当人に断りもなく余人《よじん》を交《まじ》えることについて、わずかでも三吉への気遣いになれば、という思いもあった。

室町も、説明されずとも裄沢の心情をおおよそのところは理解してくれていたようだ。疑問を口にすることなく、途中からの合流をすんなり受け入れてくれた。

目的の場所である二葉町の一杯飲み屋に入ると、いつもの隅の席に三吉が座しているのが見えた。裄沢を見てわずかに表情を緩《ゆる》めた三吉は、その後ろから別な町方装束の男も現れたのに気づいて目を見開いた。

「室町様……」

裄沢たちが近づいていくと、裄沢の背後へ目をやったままの三吉が呟いた。

「よう、久しぶりだな」

室町は裄沢の前に出ると、驚く相手の様子に構わず気さくに声を掛ける。これに対し三吉は、「ご無沙汰しております」と、表情を隠すように深く頭を下げた。

裄沢が、申し訳なさそうに言い訳する。

「三吉。そなたが御番所との関わりを避けようとしていることを承知していたのに、断りもせず室町さんを伴ったりして、済まぬことをした」

視線を裄沢へ移した三吉は、静かに首を振る。

「いえ。そんな余裕も持てねえほどの急ぎの相談を持ち掛けたのは、あっしのほうでございやすから」

室町も、言葉を添えた。

「無理矢理首ぃ突っ込んで、裄沢に引っ付いてきたなぁおいらが独り決めでやったこった。裄沢を責めねえでやってくれねえか」

「いえ、責めるも何も。むしろ、連れてきてくださったのが室町様でようございました。あっしも、余計な気を張るようなことなくご相談ができますので」

そう返答した三吉の頭には、廻り方で裄沢と最も親しい来合があったかもしれない。同じ廻り方である安楽に少なからず関わらざるを得ないことを考えると、一直線な来合では必要以上の騒ぎにすることなく収めるのは難しい案件であろう。

そうして当人に悪気はなくとも不用意な言動によって、裄沢と今まで同様の付き合いが続けられなくなるような事態にまで発展するかもしれない、という不安を覚えられても仕方がなかったところだ。

それじゃあ邪魔するぜ、と言って室町は三吉の前にどっかりと座り込む。裄沢は寄ってきた小女に手早く注文を済ませ、室町の隣に座した。

「それじゃあ、聞かしてもらおうかい」

室町の催促へ三吉が答える前に、裄沢が口を開いた。

「三吉も昨日の今日で、まださほどの探りは入れられていないだろう。御用部屋に今日、安楽さんが出した入牢証文発行の願いが届いていたので、一件の概要から話をしようか」

「申請が安楽さんから……じゃあ、やっぱり権太郎を使ってるなあ安楽さんか」

ポツリと呟いた室町の声はそのままに、絎沢は己の手にした書付について述べた。

「概要を話すとは言ったが、願い書にさほど詳しいことは書かれていない。ともかくそれによれば、坂下町の大工の民三が盗みを働いたとされるのは三日前。権太郎による民三の捕縛を三吉が目撃した前の日のことになる。

窃盗が行われた場所は同じ麻布の永坂町《ながさかちよう》にある六兵衛《ろくべえ》の隠居所。六兵衛は隠居所の近くにある南日ヶ窪町《みなみひがくぼちよう》の菓子舗《かしほ》『東泉堂《とうせんどう》』の先代だそうな。大工の民三は隠居所の修繕を頼まれていたが、家人の目のない隙を狙ってそこから七両の金を奪ったとされている――願い書にはまだいくらか書かれていることはあったが、確からしいことはこのぐらいしか判らない」

永坂町は、坂下町の北側すぐ近くにある町で、南日ヶ窪町はその西隣に立地している。いずれも近場であるから、民三とは、あるいは六兵衛がまだ見世の主であったころからの付き合いなのかもしれない。

次に、三吉が己の調べたところについて語った。

「その六兵衛さんのところの盗みで民三さんが捕らえられたってなぁ、あっしも摑みやした。六兵衛さんは今年で六十四。およそ十年前に見世を倅《せがれ》に譲り、その後倅が見世の主として一本立ちできたと見極めたからでしょうか、六、七年ほど前に今の隠居所へ移ってきたそうです。

六兵衛さんは大分前に内儀《かみ》さんとは死別して、以後は男鰥《おとこやもめ》を通してきたそうで。若《わけ》ぇころはともかく、永坂町の隠居所に移ってからぁ穏やかなお人柄で近所でも皆さんから親しまれてるような爺様《じいさま》だそうです。

隠居所にいるなぁ六兵衛さん以外は身の回りの世話する女中が一人と下男が一人。下男は住み込みですが、女中のほうは通いってことで。女中の名はお梅《うめ》、以前六兵衛さんが南日ヶ窪町の見世の主だったころ、そこで働いてた四十女です。所帯を持って辞めてましたが、もう子供も大きくなったところへ六兵衛さんのほうから話がいって、隠居所で働くようんなったってことでした。

下男のほうは作造《さくぞう》って言いまして、見世に出入りしてる口入屋《くちいれや》からの紹介で雇った五十過ぎの男だそうです。前にやっぱり下働きとして奉公してた見世が潰れたんで、新たな働き口を求めて六兵衛さんとこへ来たってこってす。前の見世での実直な働きぶりを口入屋が直に見て知ってたって話で、六兵衛さんのほうへ紹介したと聞きやした」

「それで、肝心の盗みのあったときの詳細は」

室町の問いに、三吉は「済みません」と頭を下げた。

「まだそこまでは、手を付けておりやせんで」

「まあ、今日一日しかなかったわけだからな」

裄沢の取りなしに、三吉が理由を口にする。

「それもありやすが、下手に盗みのあった隠居所のほうへ探りを入れて権太郎に勘づかれると、権太郎から安楽様のほうへ知らせがいっちまわねえかとも思われやしたんで。少ぅし、手控《てびか》えたとかぁありやす」

すでに民三が大番屋送りになっているとなれば御用聞き風情に手出しはできなくなっているが、廻り方の安楽ならば容易に近づける。自分らの捕り物を誰かが探っていると気づけば、気力を萎《な》えさせている安楽でも保身のためだったら悪足《わるあ》掻《が》きをしてもおかしくはない。

さすがに自ら口書を取るところまで手を出すことはないにせよ、民三を脅しつけて観念させてから吟味方へ引き渡すような懼れはあった。するとろくに詮議もされないまま口書が取られてしまい、最初のお白洲でお裁きが下されてしまうようなことも十分考えられるのだ。

「まあ、そうだな。昨日の今日だと、お前さんもまだ何がどうなってるか手探りだったろうからな。下手ぁ打たねえように慎重んなって当然か」

室町も納得した。今度は裄沢が問う。

「御用聞きの権太郎については昨日、くちなわという二つ名持ちで、あくどいやり方をする男だと聞いたが、どういう者かもそっと詳しく教えてくれぬか」

「へい。あっしが知ってるなぁ、一度安楽様から放り出される前のことですけど──悪い御用聞きにゃあよくある話ですが、偶々《たまたま》何かの騒ぎがあったようなとき、たとえば近くで見世ぇ出してただけの小商いを『引き合いに掛ける（お裁きの証人や参考人としてお白洲に呼び出す）』なんぞと脅して金ぇ脅し取ったりするような野郎でした」

お裁きに出頭を命ぜられた場合、自分一人が覚悟を決めて町奉行所へ出向けばよい、ということにはならない。身元保証人として、己が奉公する店の番頭や職人であれば親方、それに住まう長屋の大家などの町役人を伴う必要があった上、そうした者らのために当日の弁当や謝礼を用意するといった慣習もあった。

すなわち、日ごろ世話になっている人たちにも余計な手間を掛けさせることになるだけでなく、自分の仕事を丸一日邪魔される減収に加えて、さらに余計な出費まで掛かってしまうのだ。

その手間や費用、心理的負担を考えれば、全くの言い掛かりだと判っていても、金を出して見逃してもらおうという気になるのが普通の者の考え方だった。

「それから、小悪党の罪を見て見ぬふりしてやる代わりに金を得るようなこともやってたようですが、その小悪党の身代わりとして、自分の引き合いの話に乗らねえようなお人に濡れ衣を着せるようなマネにも手ぇ染めてたとかいう噂までありやして」

「こたびの大工民三の捕縛もそれかもしれぬと?」

「はて。そこまでかどうかは存じやせん。けど、脅して言うことを聞かねえ者にゃあ、容赦なく本気で引き合いに掛けたようなこたぁ何度もあったようです」

「それを、安楽さんは権太郎の言うなりに認めてたと」

「ええ、見るに見かねた南町の内藤様からたびたび苦言が寄せられてたそうで。それでも安楽さんが動かねえんで、内藤様は南町の与力のお方を通じて北町の古藤様のほうへご注進なすったとかいう話も聞きやした」

古藤は、当時北町の内与力をしていた男だ。南北の町奉行所は月に三度、「内《うち》寄合《よりあい》」と称して必要事項の伝達や意見交換などを行っているから、その休憩時にでも雑談に紛らわせて持ち出してもらった、というようなことかもしれない。

「そいつぁ、おいらもちょいと耳にしたことがあったなぁ」

三吉の話に、室町も頷《うなず》いた。

「で、ついに安楽さんも動かざるを得なくなって、権太郎を放り出したか……しかし、そこまで恥をかかされていったんは放り出した手先を、また自分の下で使うようになるものか……」

「このごろの安楽様は、ずいぶんとお優しくなられたようで」

考え込む裄沢に三吉が言い添えると、室町も続いた。

「まあ、隠密廻りから定町廻りに戻った後は、でえぶ大人しくなったなぁ確かだな――で、そろそろ材料《ネタ》も尽きたと思うけど、まだまだ調べ足りねえことばっかだなぁ。こいじゃあ、結論の出ようもねえわな。もうしばらくは、いろいろ探り続けるってこっていいかい？」

室町がこれからの進め方を提案してきたが、裄沢から反応がくるまではしばらく掛かった。

「いえ。そのようにときをかけている余裕は、ないと考えたほうがよいかと。御番所を出る前に吟味所へ寄って、民三の入牢証文の催促がきてもしばらく待ってもらえるということで甲斐原様から了承をいただきましたが、先延ばしが長くなればその分だけ、安楽さんに気づかれやすくなります」

裄沢が吟味方本役与力の甲斐原に直接頼みごとをして了承させたという話に三吉は驚き顔になったが、二人の付き合いを知っている室町は平然と頷いた。

「まあ、十両に満たねえ程度の盗みの入牢証文がなぜか一件だけ御用部屋で留まってるとなりゃあ、吟味方のほうで噂んなって安楽さんの耳にまで入《へえ》っちまうかもしれねえし、そんなことがなくとも、民三が入れられてる大番屋へ安楽さんが顔ぉ出しただけで、まだ牢屋敷に移されてねえこたぁすぐに判っちまうからなぁ」

「権太郎に気取《けど》られぬよう、六兵衛の隠居所での聞き込みを控えた三吉の気遣いが無駄になりかねません」

「そいつぁ判ったが、そいじゃあどうするね?」

決断を促す室町に、裄沢ははっきりと答えた。

「知らぬふりをしてそっと調べることができないとなれば、手立ては一つしかありません——当人に、直接説明してもらいましょう」

「……権太郎に、直に訊くってかい？」

「いえ、まずは安楽さんです」

「そうか……まあ、それっきゃねえか——けどそんときゃあ、おいらも同席させてもらうぜ」

己の意思をはっきりと表明した室町を、裄沢は不安げに見る。

「ですが、それでは何もなかったときに安楽さんとの仲がこじれてしまうのでは」

裄沢の懸念を、室町はあっさりと笑い飛ばした。

「なぁに、苦情が寄せられていったんは辞めさした手先を、また使い出したってんだ。どうしてそんなことしてんのかを当人に問い質《ただ》すなぁ、定町廻りを育てる上で手本にならなきゃならねえ臨時廻りなら、当然やるべきこったろう。

安楽さんから筋の通った話が聞けりゃあ、それで得心すりゃあいいだけのこった。聞かれて説明しなきゃならねえことぉやってるなぁ、向こうさんのほうだからな。余分な心配《しんぺえ》は要らねえぜ」

室町の返答に、裄沢は頭を下げる。ふと、何かを考え込んでいる三吉の姿が横目に入って気になった。

「三吉、どうした？」


「……桁沢様。民三さんの入牢証文にゃあ、七両盗んだとあったそうですが、それだけでしたでしょうか」

「それだけ、とは？」

三吉は、六兵衛らの為人を聞き込む過程で耳にした噂を裄沢らに告げた。

七

その翌日。この日の裄沢は、北町奉行所へ出仕すると真っ直ぐに御用部屋へ向かった。同じ部屋の同輩へ向けた挨拶の言葉を発し、鵜飼ともそのやり取りをする。

それから、前日と変わらぬ態度で仕事に手をつけ始めた。鵜飼が横に張り付いてときおり質問してくるのも、それに先んじて必要だと思われる事項を丁寧に説明するのも、前日と同じである。

ただ今日の鵜飼は、口には出さぬものの何度も裄沢が文机《ふづくえ》の隅に重ねた書付の束に目をやっていた。

その束の一番下には、昨日処理せぬままに放置した入牢証文発行の願い書がまだ眠っているはずだ。しかし裄沢は、まるで忘れたかのようにその書付には手を出そうとせぬままだった。

午《ひる》になり、裄沢は奉行所を出て一石橋袂《いちこくばし》で一杯飲み屋を兼業で営む蕎麦屋《そばや》に昼食を摂《と》りに行った。ここにも鵜飼は張り付いてきたが、裄沢はすでに諦めているのか表情に出すこともなかった。

「裄沢」

横合いから声が掛かったのは、昼飯を終えて奉行所の門を潜ったときだった。誰かと裄沢に釣られるように鵜飼も見やれば、普段着を着流しにした年配の男が立っている。

「そなたは――」

「臨時廻りの室町です」

鵜飼が名を思い出す前に、当人が名乗ってきた。

「その格好は」

鵜飼が疑問を覚えたのは、奉行所の与力同心の中で町方装束にならずに普段着姿で仕事に従事するのは、隠密廻りぐらいだからだ。

「本日は非番ですので」

室町はあっさりと答えてきた。

「非番でありながら御番所までやってきたのか」

「少々、そこの裄沢に用がありまして」

――外役《そとやく》（外勤）の臨時廻りと内役の用部屋手附、しかも一方は非番だというのに町奉行所にわざわざ出向いてきたとは、どのような用か。

鵜飼が不思議そうに自分らの顔を見比べているのには構わず、裄沢は室町に問うた。

「よろしいですか」

「ああよ。とりあえずのとこはな」

何やら、二人だけで通じ合っているようだ。

「いったん部屋に戻って唐家様に断ってきます」

「おう。向こうさんも昼飯で出掛けてるかもしれねえ。少し間を開けてから戻ってきな」

「お待たせすることになって申し訳ありません」

「なに。おいらがせっかちで、早く来すぎただけさね」

「それでは、また後で」

ああよ、という返事を聞いて、裄沢はいったん止めていた足を奉行所本体の玄関のほうへまた進め始めた。

それに続きながら振り返った鵜飼に、室町はきちんと頭を下げた。

「裄沢殿。あれは、どういう意味ですか」

玄関脇の式台から建物の中に入りながら、鵜飼が尋ねてきた。裄沢は、真正面から返答せずに問いを発する。

「鵜飼様。その件ですが、これよりそれがしは、唐家様の了承を得て御用部屋の席をはずそうと考えております。鵜飼様も、同道なされましょうや」

「それは——もちろん仕事で、ですね？」

「はい。昨日回ってきた入牢証文発行の申請を一件、差し止めていることは憶えておいでですか」

「ええ。午までに手をつけようとしていなかったので、どうしたのかと思っていたところでした」

「御用部屋はお奉行様のお仕事の下準備をする者らの仕事場になりますので、

様々な書付の類がやってきます。それを右から左に流すだけでは、自分らの仕事をしたことにはなりません」

「それは、もちろんそうでしょうな」

「特に入牢証文のような物を出すにあたっては、間違いが起きぬようによく中身を見なければなりません――これは、書式や体裁《ていさい》が調《ととの》っているかどうかだけではなく、本当に発行してしまってよい事案なのかということを含めての話です。なにしろ、その証文一枚で牢屋に入れられ、厳しい詮議を受けたりその結果罰を科されたりする者がおるわけですから。人の一生を左右しかねないからには、慎重を期さねばならぬということです」

「確かに、そのとおりですな」

「で、席に座し筆を走らせているだけでなく、ときと場合によっては自ら足を動かして確かめに行かねばならぬこともある、ということです」

理屈は判るが、では具体的に何をしようとしているのか――そう問い掛ける前に、御用部屋の前に行き着いてしまった。

裄沢は中に踏み入ると自分の文机のほうには向かわず、その場で立ち止まって室内を見渡す。上座の奥のほうに目当てを見つけたらしく、そちらへと足を踏み出した。

御用部屋の上座の奥にはお奉行の席があり、末席のほうから見ると屏風《びょうぶ》で仕切られている。当然、離れたところからだと中は見えづらいが、内与力の唐家が膝《ひざ》を折ろうとするところが隙間から見えた。

鶏飼も慌《あわ》てて裄沢の後を追う。

「唐家様」

裄沢は、真っ直ぐ唐家へ声を掛けた。

「廻り方より出された入牢証文発行願いのうちの一件について、少々疑問に思うところがありますので、本日はそちらにときを割《さ》いてようございますか」

「わざわざ訊いてきたのは、ときが掛かるということか」

「はい――問い合わせ先次第ですが、そうなりそうな気がするものですから」

唐家は裄沢を見ていた視線を鶏飼へと移した。あるいは、鶏飼に見せるためにいつもより余分にときを掛けようとしていると思ったのかもしれない。

「そうか、なれば他の仕事に遅れを来《きた》さぬように」

あっさりと了承して己の仕事に戻った。

裄沢は頭を一つ下げると、唐家の前から離れた。ついてくる鶏飼に顔を向ける。

「それで、鵜飼様はどうなさいますか」

「昨日の続きです。もちろん、最後まで見届けます」

「では、支度をしてから参りましょうか。机周りの片付けを致しますので、少々お待ちください」

そう言うと、片付けをするとともに近くに席のある同輩の水城に他出の断りをしたようだった。

水城のほうは何か訊きたそうな顔をしていたが、裄沢の隣を見て口を閉ざしたところからすると、鵜飼に遠慮した——というか、なるたけ近づかぬようにしようと話を打ち切ったように思えた。

「では、参りましょう」

裄沢に促されて御用部屋を後にする。奉行所の建物を出ると、ずっと待っていたのか、そこには室町が立っていた。

「室町さん、お待たせしました」

「ああ、さっき渡しとくんだったけど」

そう言った室町は、裄沢に紙切れを渡す。何か書かれている紙切れに目を落とした裄沢は、さっと読んですぐに折り畳み、懐《ふところ》に仕舞った。

「了解しました。ありがとうございます」

鵜飼には何が何やら判らなかったが、それで話は終わったようだ。

「じゃあ、行きますかい」

鵜飼もいるのを思い出してか多少言葉が改まった室町は、裄沢らに先んじて一歩を踏み出した。

八

奉行所の表門脇に所在する同心詰所に裄沢らが顔を出すと、そこには臨時廻りの柊《ひいらぎ》と安楽がいた。今日は、この二人が待機番のようだった。

臨時廻りの仕事は、定町廻りへの助言や補佐になる。そのため定町廻りが非番のときや他の仕事に手を取られているときなどは代わりに市中巡回を行うが、殺しや押し込み強盗など重大な犯罪が起こったときには、定町廻りとともに探索や解決にあたることもその業務に含まれる。

臨時廻りに待機番があるのは、市中巡回中の定町廻りから突発案件などで急に応援を求められたときに、即応できる態勢が取られているためである。

ぞろぞろと姿を現した室町ら三人に、柊は目を丸くした。いつも穏やかな表情をあまり動かすことのない安楽も、驚きを顔に浮かべている。

「あれっ、室町さん。今日は非番だったよねえ」

柊が、普段着姿のままの室町を眺めながら言ってきた。

「ああ、ちょいと安楽さんに用があってな」

「あたしにですか」

名を呼ばれた安楽は、思い当たるところがなさそうに室町を見返す。

「ああ——と言っても、用があんなぁ、おいらじゃなくってこっちの裄沢のほうなんだけどね」

後ろを軽く振り返りながら答えた室町の視線を追うように、安楽も顔の向きを変えた。

「裄沢さんが、あたしにご用ですか?」

他の廻り方と比べて裄沢とは関わり合いの薄かった安楽が、困惑げに言った。

もっともこのごろの安楽は、付き合いの長い同輩の面々ともあまり言葉を交わすことがなかったのだが。

安楽の目が裄沢からその後ろに立つ鵜飼へと向けられ、また裄沢に戻る。

裄沢はその安楽に、真っ直ぐ視線を向けて言った。

「はい。昨日安楽さんから御用部屋に届いた入牢証文発行の願いについて、伺《うかが》いたいことがあって足を運びました」

「内与力様と二人で、ですか……」

「ああ、拙者はただの見学だ。気にしないでもらいたい」

鵜飼はあっさりとそう述べたが、安楽としては気にせずにはいられまい。

これで先方が韜晦《とうかい》しづらくなるのか、あるいは警戒して口が重くなるかは出たとこ勝負になる。ともかく、ときがないからには、やるべきことを進めていくしかない。

鵜飼からの返答に、安楽の目はまた裄沢へと向かう。

「あの願い書に、何かご不審でも？」

「願いの書式に問題があったわけではありません。しかしながら、民三なる大工が罪を犯した疑いがあるという、牢屋敷へ入れる理由に疑問が生じまして」

「はて。よくある盗みの件ですし、それを犯した咎人もしごくあっさり見つかったと思っていたのですが」

「思っていた、とは？　安楽さんは、実際の探索や捕縛には直接関わってはいないと？」

「確かに手先任せにしていたところはありますが、それでも確かに咎人を捕らえたつもりでおります」

ここまでのやり取りで、自分が何を疑われているのか気づいて当然であるし、ならば憤るにせよ反発するにせよ、それなりの反応はあって当然だった。しかし見る限り、安楽はどこまでも淡々と裄沢の問いに答えているようだ。

裄沢は、さらに一歩踏み込んだ。

「その安楽さんが探索や捕縛を任せた手先ですが、一度は使うのをやめた男ですよね」

「……それが、何か？」

「にもかかわらず、また使うようになった理由をお聞かせ願えますか」

「確かにいったんは雇い止めをしましたが、その後に強く願ってきたので、また使い出したというだけですが」

「また使うことに、問題はなかったと？」

「はい。特段そのようなことは」

「ではなぜ、一度は使うのをやめるようなことになったのですか」

「それは……あの者を使うことに、なぜか強く嫌悪《けんお》を示す者がおりまして。使っていた手先の縄張りとも関わりある相手でしたので、そのまま使い続けると却《かえ》って手先である当人に不都合なことが起こりかねないという危惧がありましたため、いったんは使うのをやめたというのが当時の経緯です」

「すると、その手先には本来問題はなかったと」

「それは……確かに悪いことを一つもしていないかといえばそうではありませんが、裄沢さんもご存知のとおり、御用聞きと呼ばれる者らに対し、我ら町方はろくな手当も出してやれてはおりません。ならば、仕方がないと目を瞑るところはあの者に限らずどうしても出てきますので」

「好ましからざる行いがあっても他の御用聞きと同じ程度で、ことさらその者だけをあげつらうほどではないと」

「はい、そう思っていますが――裄沢さんは、あの者にずいぶんと関心がおありのようだが、直接あの者をご存知なのでしょうか」

「いえ。ただ、それまで使っていた御用聞きをやめさせるとなると、その者に使い続けられないような問題がある場合が多いものですから。

では、質問を変えます。こたび入牢させんと安楽さんが願いを出した一件について、盗みがどのように行われたか、そして大工の民三が咎人だとどのようにして突き止められたのか、ひと通りの説明を願えませぬか」

「……あたしが捕り違えをしていると？」

ここまで表情を変えずに淡々と応じていた安楽だったが、しつこい追及にさすがに口調が冷えてきたようだ。

しかし裄沢は、相手の気持ちなど斟酌《しんしゃく》する様子もなく、平然と返した。

「安楽さん。これはあなたに対する疑いではなく、実際に召し捕りを行った権太郎とか申す御用聞きについての不審だとお考えください」

「それでも、その権太郎をあたしがまた使うようになっているからには、あたしへの不審ということになりませんか」

「そう受け取られるならばそれでも仕方がありません。それがしは、用部屋手附の仕事として、疑義のあるまま入牢証文を出すわけにはいきませんので。

安楽さんは、権太郎をいったんは使わなくなった経緯について、謂《い》われない嫌悪を示す者があったから無用の軋轢《あつれき》を避けるために、という意味の話をされましたが、それとは違った話も耳にしておりますし」

安楽は、ほんの一瞬室町に移した目を戻しながら裄沢に問うた。

「裄沢さんは、権太郎を一度はあたしが手放したことばかりでなく、その名も、正しいかはともかく評判もご存知だったようだ――どなたかから聞いたがために、かような疑いを持つようになったと思っていいですかね」

「そう思ってもらって結構です。ただそれは、御番所の中の者から聞いた話、というわけではありませんが」

裄沢は室町へ暗に掛けられた疑いを否定したが、その室町が口を挟んだ。

「確かにおいらが裄沢に告げ口したわけじゃあねえけど、裄沢から相談受けてこうやって面《つら》ぁ出してることは事実だわな。その上で、権太郎ってえ御用聞きについての見方は、安楽さんより裄沢のほうに近《ちけ》えと思ってもらって構わねえよ」

室町のその言葉を聞いて、安楽は「そうですか」と溜息をつく。肚《はら》を決めたように、強く言った。

「じゃあ、あたしが言葉を尽くして説明するより、権太郎当人から話を聞いたほうが早いし、得心もいかれるでしょう。裄沢さんの都合のいいときに、一度あの男をここへ呼び出しましょうか」

「安楽さんがそのほうがいいとおっしゃるなら、是非そうさせてください――都合がいいときとのことですが、いつまでも入牢証文発行の願いを差し止めたままにしておけるものではありません。よろしければ、今から会いに行けませんか」

性急な要請に、安楽は驚きを表情に出す。

「これから、ですか……ですが、あたしは今、仕事でここに待機しておりますので」

婉曲《えんきょく》な断りを述べたのへ、また室町が口を挟んできた。

「いいじゃあねえか。安楽さんが戻るまでは、おいらが代わりをしてるからよ
——裄沢の、入牢証文発行の申請をいつまでも止めておけねえってのも道理だしな」

「ですが……」

「それがしは、発行適否の確認のためにときを掛ける了承を、すでに内与力の唐家様から得ておりますので」

それまで黙ってやり取りを聞いていた柊も、ここで口を出す。

「裄沢さんが先走ってるってんならまだしも、唐家様から許可を得てるとなりゃあ、こいつは上役に認められた仕事のうちだってことんなる。手が足りねえならともかく、室町さんが助《す》けてくれるってえからにゃあ、そんなこともねえ。

なら安楽さん。ここは手っ取り早く片ぁつけちまったほうがいいんじゃねえのかい。それで絎沢さんが得心すりゃあ、お前《めえ》さんが出してる願いもすぐに通ることになんだしよ」

柊にまで背中を押されて、安楽も否《いな》とは言えなくなった。

「では、絎沢さんがどうしてもとおっしゃるならお付き合い致しますが、権太郎が家にいるとは限りませんよ――ああ、先に小者でも行かせて、家にいるよう申し付けておきましょうか」

「いえ、その必要はありません。本日権太郎が家にいることは、すでに確かめてありますので」

絎沢のこの言葉を聞いて、安楽は一瞬固まった。

「……そういうことなら、参りましょう」

ついで無理に押し出すように口にされたのは、そのひと言だけだった。

九

こたびの一件が起こった場所であると同時に権太郎の住まいもある麻布に着く

まで、安楽との間にほとんど会話はなかった。ところが新堀川を越えて麻布の地に踏み入ると、安楽は権太郎がどこに住んでいるのか詳しい場所は知らない、というようなことを言い出した。

それほど裄沢と権太郎を会わせるのを嫌がるのは、自身がいい加減な手先の使い方をしているのがあからさまになるのを嫌ってのことなのだろうか。新任内与力の鵜飼が「見学」と称して同行していなければ、途中で遁辞《とんじ》を弄《ろう》され、逃げられていたかもしれない。

裄沢は曖昧なもの言いで煙《けむ》に巻こうとする安楽を相手にせず、勝手に先頭に立って道を進んだ。

なおこのときの三人には、奉行所の小者などは供についていなかった。裄沢も安楽も同行を求めず、鵜飼も何も言わずに単身ついてきたからだ。

並んで歩く裄沢と鵜飼に続く安楽が、足を進めながら斜め後ろからちらりと裄沢の顔を見てくる気配を感じた。詳しい場所は知らないと言いながら、権太郎が住む町とは違う場所へ向かっていることに気づいたのであろう。

しかし、違っているなら違っているでよいと考えたのか、指摘はしてこなかった。

　裄沢は、気にも掛けずに真っ直ぐ前を見て歩いていく。

「ご足労を掛けました。ここが目的地にございます」

　ようやく足を止めた裄沢が、隣に立つ鵜飼に向かって言った。

　三人が足を止めた先には、一軒の家が立っていた。小ぶりながら、瀟洒《しょうしゃ》な佇《たたず》まいに見える。とても、御用聞き風情が住まうような建物とは思えなかった。

「ここは……」

　鵜飼が戸惑った呟きを漏らした。

　道が違っていると判ってからはわずかに安堵が滲《にじ》みだしていた安楽の表情に、今は警戒の色が浮かんでいた。

　目の前の建物ではなく、道の先のほうを見ていた裄沢が、また皆に告げる。

「ああ、権太郎もやってきたようです」

　その言葉に裄沢と同じほうを見やった鵜飼たちの目に、こちらへ向かって歩いてくる二人の男の姿が映った。

　一人は若く、もう一人を案内するように歩いている。案内されているほうは、仏頂面《ぶっちょうづら》をしているように見えた。

　その案内されているほうの男が、佇んでいる裄沢らに気づくと足を速めて若い男を追い越し近づいてきた。

「安楽様、急に呼び出してくるたぁ、いってえどうなさったんで」

見慣れぬ鵜飼と裄沢に目をやりながら、唯一の知り合いである町方に問い掛ける。

事態を把握していない安楽に代わり、裄沢が返答した。

「そなたが権太郎だな。少々聞きたいことがあったゆえ、ここまで来てもらったのだ」

権太郎は、案内してきた若い男から「安楽様が呼んでいなさるから急いで来てくれ」と言われてここまでやってきたのだった。裄沢がこの場所へ迷いもせずに到着できたのも、別な若い男が待っていて、安楽や鵜飼に気づかれぬほど離れたところから三人に先立つ形でこの場まで足を進めてきたからだ。

この、権太郎や裄沢たちを案内してきた男たちは、元の小者の三吉が今世話になっている仲神道の以蔵のところの若い衆だ。裄沢らを案内してきたほうは、以前、二葉町の一杯飲み屋に三吉を呼び出すときに自ら名乗りを上げてくれたことで、裄沢とは顔見知りになっていた者だった。

それぞれを案内してきた二人の若い衆は、目的を達するといつの間にかその場からいなくなっていた。

「へい……お見掛けしたところ町方の旦那のようでござんすが、いってえどちらさんで」

桁沢と鵜飼の町方装束を見てであろう、自分が権太郎だと認めた後に、いちおうは丁寧な口調で尋ねてきた。

「俺は、北町奉行所の桁沢という者だ」

あえて鵜飼の紹介はせずに返答とした。

「あっしに尋ねてえことってのは――こんなとこへ連れられてきたところからすりゃあ、おおかたは察しがついておりやすが」

権太郎の返答を聞いて、鵜飼もここがどこか確信を得た。

ここは永坂町。民三が盗みを行ったという東泉堂の先代が住まう町だ。

「この桁沢さんは、御番所で入牢証文を出すお役に就いていてな、例の永坂町の泥棒の件について、お前《めえ》に聞きたいことがあるそうだ」

桁沢の後ろから、安楽が権太郎へ向かって言い添えてきた。

「なんで、こたびだけ」

顔には不満がありありと浮かび、呟きは町方への礼を失した問いにも聞こえる。

しかし裄沢は気にすることなく権太郎に語り掛けた。

「我ら町方や、そなたのような御用聞きにとっては人を捕縛し牢に送るということが日常茶飯になっておっても、そうされるほうにすれば、一生を狂わしかねぬ大事となることも少なからずある。なれば、その牢送りが本当に正しいか、慎重に確かめることも出てくるというだけの話よ」

この場に来る前、裄沢は鵜飼や安楽にも似たような説明をしているが、通常、用部屋手附はここまで突っ込んだ調べはしない。用部屋手附が発行した入牢証文はいったん吟味方与力に届けられ、その確認を経て請求者へ渡されることになっている。請求に疑義あれば、それを質すのは専《もっぱ》ら吟味方与力が行うべきこととされているのだ。

実際にはなかったものの、この点について安楽から突っ込まれるかとも思っていたのだが、そうされてもいいように、裄沢はあらかじめ吟味方本役与力の甲斐原から発行保留の了解を得ていたのだった。

「……あっしが、疑われてるってこってすかい」

険《けわ》しい表情をした権太郎が、安楽に向けて問うた。それでも、返答は裄沢が行った。

「なに、疑問が解消すればすぐに終わる。余計な気を回すことなく、正直に答えてくれればよいだけだ」

裄沢の軽い言いように、権太郎は眉根《まゆね》を寄せた。

「形ばかりのことだ。裄沢さんからのお尋ねに対して、お前が真っ当な仕事をしていることが判るように、きちんと話をしてくれればよいだけだからの」

裄沢は安楽の言葉を気に掛ける様子もなく淡々と進める。

「さっそくだが、いろいろと尋ねさせてもらいたい――まず、そなたが一度やめた御用聞きにまた戻った経緯について聞きたい」

「経緯、とおっしゃいますと」

「そなた、なぜ一度はやめた御用聞きをまたやろうと思ったのだ」

「……御用聞きでなくなったことについちゃあ、あっしから十手を返上したわけじゃあございやせん。安楽の旦那からの差し止めがありましたから、そのようになった次第《しでえ》で」

ちなみに本来、お上が保有する十手が御用聞きに渡されるのは捕り物があるときだけで、そのたびごとに御番所へ返却されるべき物だから、辞める御用聞きが

「十手を返上する」というのは慣用的な言い回しに過ぎない。

十手術は「武芸百般」にも含まれている武術であり、その得物である十手の所持は違法とまでは言えないことから、御用聞きが勝手に所持していても問題視されることは少なかったが、当然こうした私有物は、町方役人が強権で取り上げない限り返上されることはなかった。

「御用聞きをやめるようにとの安楽さんからのお達しには、そなた得心しておったのか」

「得心するも何も。町方の旦那からもう使わねえと言われちまやあ、あっしらなんぞはそれまでで」

「やめさせられたことについて、そなたに心当たりはあったか」

問われた権太郎は溜息をつく。

「そりゃあ、あっしだって霞《かすみ》を食って生きてけるワケじゃあねえんですから、活計《たずき》のためにゃあ、それなりにいろいろやりまさぁ。そのやりようが気に食わねえってお方がどっかにいて、そいで安楽の旦那もあっしを庇《かば》いきれなくなったと思っておりやすけど」

「そのことについては――」

「旦那、裄沢様とやら。四の五の言っても仕方のねえこたぁ、あなただってお有りでしょう」

「なるほど——それから、また御用聞きになりたいとそなたから願いを上げて復帰することになったと、安楽さんからは聞いておるが、いったんやめさせられた御用聞きにまた戻ろうとしたのはなぜか」

「なぜと問われましても、あっしなんぞにゃあ、他にできることがなかったってだけの話で」

「前回やめさせられたことに懲《こ》りて、やり方を考えようと思ってはおるのか」

この問いに、権太郎は開き直ったように胸を張った。

「はあて。霞を食って生きてけねえなぁ、やめる前からどこも変わっちゃいませんし、かといって旦那から頂戴する金《もの》も特に増えたわけじゃねえとなりゃあ、あっしにできることにも限りがありまさぁ。

そうした中で、またやめろと言われるようなことんなったら、それはそれで仕方がねえんじゃねえですかね」

権太郎は、次々と問いを重ねてくる裄沢に苛立《いらだ》ち、尻を捲《まく》ってきた。

「旦那——裄沢様。先ほどの安楽の旦那のお話じゃあ、永坂町《ここ》での盗みの一件で、あっしに訊きてえことがあっていらっしゃったんじゃなかったんですかい。なら、今訊かれてるこれは、いってえ何なんでしょうかね。頭の悪《わり》いあっしに、どうか判るように教えてもらえませんかね」

武家を相手にしているとは思えぬ言いようで、鵜飼は込み上げる怒りを押し殺すのに自制心を要した。顔に出さなかったのは、平然と構えている裄沢の迷惑になってはならないと思ってのことである。

その裄沢は、やはり落ち着いた口調のまま述べた。

「先にそなたのことを訊いたのは、この一件にも関わることだからである」

「そりゃあいってえ、どういう意味で」

「権太郎」

激高しそうになった権太郎を、安楽が名を呼んで鎮めようとした。裄沢はまるで聞こえなかったように続ける。

「では、ここに住まう隠居の住居で起こった盗みについて、詳しく話を聞かせてもらおうか。まずは、中へ入ろう」

そう言って先頭に立ち、裄沢は隠居所の敷地へ踏み入った。

十

隠居所には、主の六兵衛の他に住み込みで働く下男の作造、通い女中のお梅と、家の者がみんな揃っていた。これも前日か今朝早く、三吉が手を回して六兵衛に通告していたのであろう。

迎え入れられた一行は、客間に通される。裄沢はまず、六兵衛らにも本日ここに集まった理由を軽く説明した。

「さようにございますか」

と、隠居の六兵衛は困惑顔だ。

「して六兵衛、民三がこの家で盗みを働いたと聞いて、そなたどう思った」

「それは、話を耳に致しまして、驚くばかりにございました」

「民三のことは、昔から知っておったのか」

「はい。南日ヶ窪町の見世を新しくしたときの棟梁《とうりよう》の下で働いている男ですから。大きな普請ならその棟梁に頼むのですが、身の回りのちょっとした修繕程度のことなら、ずっと民三さんにお願いしておりました。

ここは、売りに出ていた家を手直しして住んでいるのですが、住み始めてから数年経っていろいろと不具合も出て参りましたので、そのたびに民三さんを呼んで直してもらっております」

「盗みがあったという日も、そなたが民三を呼んだのか」

「はい、作造を使いにやって、あの日に来てもらう約束をしてのことです」

「こたびはどこの直しを」

「裏口の木戸がはずれかけてしまいましたので、その直しと、ついでに木戸その物も新しくしたいということで」

「家の中の直しではなかったのだな」

「ええ。ただ、始める前に縁側で茶などは出しましたが」

「民三が来たのは、いつごろだ」

「午過ぎからの約束でしたので、あれは九つ半ぐらい（午後一時ごろ）でしたでしょうか。数日前に裏口の戸を見にきて寸法も測っておりましたので、その日はもう新しい戸を用意して持ってきてくれておりました」

「それならば、さほどにときは掛からなかったであろうな」

「木戸の直しはそうだったのですが、お茶に誘ったときに雨戸の戸袋《とぶくろ》の傷《いた》みを見つけてくれまして、そこも直してくれると申し出てもらいましたので」

「最初考えていたより延びたと――それで結局、どれぐらいに？」

「はあ。実は、民三さんが帰ったときに立ち会っていた者がおりませんで」

「それは、どういう？」

「女中のお梅は、南日ヶ窪町の見世のほうで集まりがあったために人手が入用《いりよう》となりまして、そちらの手伝いに行ってもらっておりました。その仕事が終わるのは陽の沈むころになるはずでしたから、こちらへは寄らずに自分の住まいに帰る話になっておりました」

「そなたもそちらに？」

「いえ、見世のほうは町内の集まりでしたから、とうに隠居した年寄りの出る幕はございませんで。手前は留守番で、その日の夕餉《ゆうげ》はお梅を送り届けた見世の奉公人が、ついでに持ってきてくれる物で済ませることになっておりました――泥棒騒ぎで家の中が荒らされていて、ずいぶんとバタバタすることにはなりましたが。

　下男の作造のほうは、親戚の法事があったとかで一日暇《いとま》を与えました。留守番になった手前はと申しますと、お梅には茶の用意だけさせて見世へ出してやった後は、民三さんが仕事をしているのを見ながら世間話の相手をしてもらうつもりにございました」

「つもりだったということは、実際にはそうはならなかったと？」

「はい。この近所に碁敵《ごがたき》がいるのですが、そちらから久しぶりにどうかと誘いが参りまして。断ろうかとも思ったのですが、民三さんが『仕事が終わったら勝手に帰るからご隠居はお出掛けくだすってもよい』と言ってくれまして。ついその言葉に甘えて、仕事をしてくれる職人を一人にしたまま家を出てしまったのでございます」

「その際、戸締まりも特には？」

「ええ、いちおうはみんな閉めて出ましたが、入ろうと思えばどこからでも――手前どものところが狙われるまで、近ごろは物騒な話も全くなかったものですから。こんなことになって、見世を任せた倅からはさすがに気を抜きすぎだと叱られましてございます」

六兵衛は苦笑を浮かべながら述懐《じゅっかい》した。

裄沢は、安楽や権太郎のほうを振り返った。

「民三が、仕事を終えてここを出たのは何どきだと申しておりましたか」

安楽は自分では答えずに権太郎を見た。それを受けて権太郎が口を開く。

「贔屓《ひいき》にしてもらってる得意先に出向きながら誰もいなくなったと知ると、とたんに盗みを働くような野郎にございやす。言ってることが、どこまで信用できるか」

六兵衛が、言いたいことがあるのを堪《こら》えるように口を引き結ぶ。

裄沢は、冷たい口調で問いを放った。

「それは、確かめもしておらぬということか」

権太郎からは、応えは返されなかった。

裄沢は相手にするのをやめ、次の問いは六兵衛に向ける。

「そなたが碁を打ちにここを出た刻限は」

「確か、八つ半（午後三時ごろ）前ぐらいにございましたでしょうか」

ついで、下男と女中の顔も見渡しながら問うた。

「民三が去った後、最初にここへ戻ってきたのは」

これには、下男の作造が声を上げた。

「あっしです。確か、ここに戻ってから七つ（午後四時ごろ）の鐘を聞いたような憶えがありやす」

「では、ここの者が皆家を空けていたのは、半刻《はんとき》（約一時間）ほどということになるな。民三は、いつ作造が戻ってくるかも判らぬのにずいぶんと危険を冒《おか》したものだ」

裄沢の感想に、権太郎はまるで抗議するかのように己の言い分を述べる。

「家ん中荒らしての盗みなんざ、四半刻《しはんとき》（約三十分）どころか茶の一杯を飲み干すほども掛かりゃあしませんぜ。それに、結局《けつきよか》ぁあっしにすぐ捕まったような考えナシの野郎ですから、盗るとなったときにいつ家の者が帰ってくるかなんぞ、もう頭っからすっ飛んじまってたんでしょうよ」

「盗みをするのに掛かるときは茶の一杯を飲み干すほども要らないというのはそのとおりだろうが、ならば民三が帰った後に、空き巣狙いが入ったということもあり得よう」

裄沢の疑義を、権太郎は鼻で嗤《わら》う。

「もしそうなら、ご隠居が家を空けて下男が戻ってくるまでの、裄沢様がおっしゃった半刻よりも短《みじけ》えときしかなかったことになりやすねえ。なにしろ、民三がここを出たなぁその間のこってすから。

あっしにゃあ民三が盗んだってえより、民三すらいなくなった後のわずかな間に空き巣狙いが外から入り込んだんじゃねえかってお考えのほうが、よっぽどあり得ねえように思えやすがね」

「とはいえ、そのような者がいなかったとは言えぬのではないか」

「あの日のあの刻限に、妙な野郎が彷徨《うろつ》いてたなんて話ゃあ、あっしの耳にゃあいっさい入っておりやせんが」

「たとえばいつも見掛ける屑拾《くずひろ》いや振り売りなどが通りかかっても、誰も不審な者だなどとは思うまい」

傍《はた》で聞いているだけの鶫飼には、御用聞きでしかない権太郎の裄沢への嚙《か》みつき方が、身分を越えた強気なものに映っていた。まあ、ここで退《ひ》き下がってはまた安楽に見放されてしまいそうだと思えば、必死になるのは当然のことかもしれないが。

権太郎の主張が全く筋の通らないものだとは思わないが、そこには大きな欠陥があるように鶫飼には思えて仕方がなかった。なぜなら権太郎は、民三が咎人だと決めつけて、他に罪を犯した者が本当にいないのかの確かめに、手抜きをしているようにしか聞こえなかったからだ。

――こんないい加減な調べ方してるから、南町の廻り方が苦情を寄せてきたんじゃないのか。

だとすれば、安楽に願って御用聞きに復帰した権太郎は、以前から何も変わっていないことになる。

表情に出さずにそんなことを考えている鵜飼など目に入らぬ権太郎は、裄沢を見て得意げに嗤った。

「屑拾いとか振り売りなんぞも含めて、妙な野郎はいなかったと申し上げればよろしゅうございやしょうか」

「それを、そなたは断言できるのか」

裄沢の追及に、我慢しきれなくなった安楽が横合いから口を出した。

「裄沢さん。こんなことを言うのもなんですが、それは今さらなんじゃないでしょうか。

仮に権太郎の探りに甘いところがあって、民三の召し捕りが早とちりだったとしても、だからと言って即座に放免なんてできやしないでしょう。もしそんなことをやっちまって、調べをやり直してみたらやっぱり民三が咎人だったと判明したら、御番所は二重に恥をかくことになりますよ。

もういったんは大番屋に移しちまったんだから、ここはお調べを吟味方に任せて、本当に民三がやったかどうかをきちんと詮議してもらうべきじゃあありませんかね」

安楽の話を聞いていて、鵜飼は得心せざるを得ないものを覚えていた。こたびの混乱のもともとの原因が、権太郎の手綱《たづな》をきちんと取らぬまま好き勝手をさせた安楽の怠慢《たいまん》にあるにせよ、事態がここまで進んでしまったからには行き着くところまで押し通すべきだという安楽の主張には、それなりの説得力がある。

が、話はそれで収まりはしなかった。安楽の尻馬に乗った権太郎が、しゃしゃり出てきたのである。

「妙な野郎が本当にいなかったのかどうか、断言しろっておっしゃるんですね。ええ、おりませんでしたよ——おい、作造」

権太郎は、自信たっぷりに隠居所の下男に呼び掛けた。へい、と返事をした作造へ問い掛ける。

「お前《めえ》さんは親戚の法事に行ってたそうだが、そいつぁどこでやってたんだい」

「へい。飯倉町《いいぐらまち》のほうにある小さな寺でございやす」

一丁目から五丁目まで北から南へ長く延びる飯倉町は、将軍家菩提寺・増上寺のある芝と、麻布の境をなすような町である。

「するってえとお前さんは、東のほうから真《ま》っ直《つ》ぐこの隠居所へ戻ってきたことになるなぁ」

「へい」

「ここへ戻ってくる途中、この近くで旦那のおっしゃるような妙な野郎を見掛けたかい」

「……いえ、そのようなお人を見た憶えはありやせん」

「そうかい。ありがとよ」

わざとらしく礼を言った顔を、裄沢へ向ける。

「あっしゃあ、ちょいと用がありやして、手前《てめえ》の住処《ヤサ》のある宮村町《みやむらちよう》からこっちへ歩いてくる途中、この隠居所の前でバッタリ作造に会いやして――つまりゃあ、西のほうからこっちへ向かってきたんでさぁ。そのあっしも、裄沢様のおっしゃるような野郎は一人も見掛けておりやせんでね。もう夕刻でしたから、振り売りなんぞももういねえのが当たり前って刻限でしたしね」

宮村町はこの隠居所のある永坂町から西へ数町（一町は百メートル強）いったところにあるあまり大きくない町だ。

「まぁ南か北のほうからやってきた野郎だったんじゃねえかと言われりゃあそれ

までかもしれませんけど、これでずいぶんと狭まりましたよねぇ。で、北でも南でもあっしの探りに引っ掛かったような野郎はいませんで――もっともこいつも、信じちゃあもらえねえかもしれませんけど」

権太郎は、どうだとばかりに裄沢を睥睨《へいげい》した。

十一

自信たっぷりの権太郎の言いように、鵜飼は「早とちりをして誤った見方をしたか」と心の内で反省した。こうなってみると、むしろ先走ったのは裄沢のほうではないかとも思えてくる。

だが、「そうか」と応じた裄沢に動揺は見られない。裄沢は、権太郎の問いに答えた作造のほうへ目をやった。

「作造、そなたが戻ってきたとき、すでに権太郎はこの隠居所の前に立っていたか」

「いいえ、西のほうから歩いてきなさる途中にございやした」

「泥棒に入られたのを最初に知ったのは、留守の家に戻ってきたそなたであったのか」

「はい。家の中に入りますと何やら様子がおかしいような気が致しまして、普段は足を踏み入れない奥へ行ったところ、まるで家捜《やさが》ししたように簞笥《たんす》から着物が出され、投げ散らかされているのを見つけました」

「ならば、すぐにこの権太郎を呼び戻したのだな」

「いえ……そうしようとしたのですが、親分さんはどうにも見当たらず……仕方がないのでご近所に家のことを頼んで、また自身番へ知らせに駆けて参りました」

作造の話を受けて権太郎が口を出す。

「手前がこっちへやってきた用にちいと遅れそうになってましたんで。作造とこの家の前で別れた後ぁ、ちょいと急ぎ足になってましたかねぇ」

「ともかく、そなたは法事から戻ったところ家の前で権太郎に会い、その場で別れてすぐに泥棒の入った痕跡を見つけたと」

裄沢がそのような問いを発したのは、権太郎の姿を見つけられなかった作造が「また自身番へ報せに駆けつけた」と口にした返答に引っ掛かったからだった。

作造はちらりと権太郎を見る間、一拍空けてから裄沢に目を戻して思ったとおり「いえ」と答えてきた。

「家に入る前に親分さんから用事を頼まれまして、自身番までお使いに行って参りましたが」

「用事とは？」

作造は、「たいしたこっちゃありやせん」と裄沢に答えている権太郎の顔色を覗《うかが》いながら、自身も返事をする。

「自身番のほうで親分さんに何か用があったかだけ、聞いて参りました」

「何ね、ここの番屋は組合（共同設置）で宮下町《みやしたちよう》のほうになりやすんで。ちょいと楽をさしてもらおうかと思っただけでして」

「宮下町の自身番は、永坂町との境となる道沿いにあったか……」

宮下町は麻布永坂町の南隣の町であるが、永坂町のほうはその宮下町の東の端から北へ延びていく広い町である。六兵衛の隠居所はこの北へ延びるほうにあったから、自身番まではそこそこの距離になりそうだ。

へい、という作造の返事を受けて、裄沢はものを想う顔で呟いた。

「すると、大した用事ではなくとも行って帰ってくるだけで、茶を一杯飲み干す程度のときは掛かるな」

相手が定番《じょうばん》（番屋の雇われ人）であったとしても、下働きでしかない作造がものを問うとなると、ぞんざいな態度や口調で済ませずに丁寧な物腰になる。定番では返答できずに中へ問い合わせるだろうから、そうすると、ときはさらに余分に掛かろう。

「旦那、何をおっしゃりてえんで」

権太郎が睨《にら》んでくるが、裄沢は意に介することなく今度は隠居の六兵衛に顔を向けた。

「ご隠居、廻り方から届けられた書面に、盗まれたのは七両の金子《きんす》であったと書かれていたが」

「はい。小判七枚にございました」

「他に申し立てるべきことはなかったか」

「……いえ、確かめましたところ、盗まれたのは確かに小判七枚だけにございますが」

「他に何か盗まれた物がないかだけを聞いているのではない。盗まれた物について付け加えておくべき話はないかと尋ねておる」

「それは……」

「六兵衛。盗まれたのは小判だというが、それは今の世に出回っておる、元文小《げんぶんこ》判のことで間違いないか」

衎沢に問われた六兵衛は、深々と頭を下げた。

「畏《おそ》れ入りましてございます。盗まれたは、享保小判にございました」

小判、もしくは小判金《こばんきん》と称される金貨は、江戸幕府開祖の徳川家康が初めて造らせた（慶長《けいちょう》小判）。その後、何度かの吹き替え（改鋳《かいちゅう》）が行われたが、正徳《しょうとく》四年（一七一四）から発行するようになったのが享保小判、元文元年（一七三六）から流通させたのが元文小判である。

「あえて伏せたは、享保小判の七両となれば、お白洲では十両を超えると見られかねぬからか」

「まさにおっしゃるとおりにございます。隠し立てを致し、真《まこと》に申し訳ございませんでした」

元文小判は、世間に流通する通貨の量を増やすことで経済活動の活発化を促そうとしたためか、それ以前より金の含有量を大幅に落として大量に鋳造《ちゅうぞう》された。

金の含有量が違えば小判一枚の価値は当然違ってくるが、この新貨幣発行による混乱の予防措置《よぼうそち》として、幕府は「享保小判百枚と新規発行される元文小判百六十五枚を交換する」と触れを出している。ただし同時に、「市中ではともに同じ一両の価値として取り扱うこと」と定めたために、商人たちから大きな反発を受けることになった。

等価交換ならそれ自体に幕府としての旨味はないが、今後、以前より金の含有量の少ない小判を同じ一両として流通させられれば、負担増なく財政規模を大きくできるという利点がある。

しかし商人側からすると、手持ちの享保小判は一・六五倍の元文小判に替えられても、このお沙汰が効力を持ってしまえば、他者に貸している金は享保小判一枚分の貸し金が元文小判一枚の価値しか持たなくなってしまうのだ。

商人層の猛抗議に対し、幕府は民間でも一定期間は一対一・六五の交換比率を認めるとし、その後何度か猶予《ゆうよ》期間を延長したが、最後にはついにそのままの交換比率を永続させるところまで妥協せざるを得なくなった。

すなわち享保小判七枚は、この物語の時点で主に流通している元文小判換算だと十一両以上の盗難となるのだ。

「十両盗れば首が飛ぶ」――これは、当時庶民にまで知られた処罰の規定であった。盗むほうにも一定程度の歯止めにはなる一方、盗まれたほうにしても、そのまま届けたのでは「自分が人を土壇場《どたんば》（処刑場）送りにする原因となりかねない」という忌避感《きひかん》をもたらしたのである。

このため、十両をわずかに超えるような盗難に遭《あ》った場合、「十両以下の額」で申告するような例も少なからず見られた。六兵衛が単に「小判七枚」とのみ届けたのは、これが理由であったのだ。

「しかし、手前が所持する小判のことまでようご存知でございましたな」

「そなた、『商売を始めたころに元手としていた小判を、お守りとして今も大事に取ってある』と、いろいろなところで話しておるそうではないか。手の者が少し調べただけで、すぐにそれがしの耳にまで入ってきたぞ」

六兵衛が商売を始めたころにはすでに元文小判が発行されていたものと思われるが、まだまだ享保小判も数多く出回っていたのだろう。六兵衛がこちらを大事にしていたのは、いざというときの元手として手許に置いておくには少量でも価値の高い享保小判のほうが安心だと考えてのことだったのかもしれない。

裄沢の返答に六兵衛が感心したのはともかく、鵜飼どころか安楽までが「内役の同心でしかない男が、そんな噂を拾ってくる手先を抱えていたのか」と驚いた。

「しかし、そのような大事なお守りの金を、そなたはすぐに盗まれるようなところに置いておったのか」

「いつもは隠し場所に仕舞っておるのですが、盗まれる前の日にちょうど知人に見せるために出しておりまして、後で元の場所に戻すつもりでおったのが、ついそのままにしておりました。実は、なぜきちんと仕舞っておかなんだのかと、ずいぶん後悔しておったのでございます」

と、苦笑しながら述懐した六兵衛は、「ああそういえば」と何か思い出したような顔になった。真顔になって裄沢へ申し立てる。

「隠し場所のことをお話ししているうちに思い出したのですが、実はその隠し場所というのは簞笥の裏でございまして。並んでいる中のとある引出《ひきだし》を抜いて腕を奥まで差し込むと、隣の引出の裏に造り込んだ隠し所に手が届くようになっているのでございますが」

昔の簞笥に見られた工夫の一つであった。ある引出を奥行き浅く造っておき、その裏にものを隠す空間を別で作成しておく。その脇の小引出を抜いて、空いたところから腕を入れれば秘密の空間に物を隠しておける、という細工なのだ。

「その簞笥の隠し所なのですが、手が届く先のところにささくれができてしまいまして難儀《なんぎ》しておりましたので、本来の大工の仕事ではありませんが、民三さんに頼んで鑢掛《やすりが》けをしてもらったことがございました。

そこには盗まれたより多くの金が入っておりましたから、民三さんが盗もうと思ったならば家捜しなどすることもなく、ただあそこを探ればよかっただけのはずにございます」

自分への疑義に繋がる言葉に、権太郎が反論する。

「最初っから簞笥の隠し所だけ手をつけるようなマネすりゃあ、自分が咎人だとすぐに判っちまう。家捜しするように部屋を荒らしたなぁ、外から空き巣が入ったように見せかけるためだったろうさ。ところがその誤魔化しをやってる最中に、大金を見つけちまった。いつ作造が帰ってくるかも判らねえし、十分な金は手に入ったから、簞笥のほうまでは手ぇつけなかったってだけだろ」

そう言われてしまうと、六兵衛には返す言葉がない。

言い負かしてひと息ついた権太郎へ、裄沢は目を向けた。

「ところで権太郎。そなたは酒や博打《ばくち》に目がないそうだな」

急に違う話を振られた権太郎の目が泳ぐ。

「そんなことを、どこでお聞きなすったか……」

「民三を召し捕った日も、子分を従えてずいぶんと機嫌よく飲み歩いておったそうではないか」

六兵衛の小判のことまで聞き込む手先がいるなら、惚《とぼ》けるのは得策ではないと権太郎は判断した。

「……へい。あの日は、手柄を挙げた祝いでしたんで」

「その後子分どもは帰して、ひと勝負しに行ったか」

「……何をおっしゃいますことやら」

「酔っていたこともあろう、負けが込んで、ずいぶんと熱くなっていたそうだな」

「………」

「最初の手持ちは全部擦って、なんと小判を持ち出してきて駒に替えたと聞いたぞ──明神下《みようじんした》の連蔵《れんぞう》の賭場《とば》じゃあ、客を帰した後の子分どもが『今どき珍しい小判だ』と噂していたそうな。お前は特に気にしてなかったのかもしれないがな」

庶民が自分たちの暮らしの中で、小判を目にするような機会はほとんどない。一度も手に触れたことがないまま一生を終える者も多かった。六十年以上も前に発行の止まった古い小判を、大商人や両替商あたりならともかく、今の小判とは違うなどと気づけるはずもない。

　さすがに見たことも手にしたこともあるだろう権太郎が、手許の小判の価値や珍しさに気づきもせぬまま不用意に使ったのは、お上の仕事を手伝いながらもいい加減なことしかしてこなかった男であれば、ある意味当然のことだったのかもしれない。

　しかし、目端《めはし》の利《き》く小悪党だと思われる男が、日常ではあまり見掛けない上に元文小判よりも一回り大きい享保小判の価値について、全く思い至らずにいたとは考えにくい。要りもしない使いで番屋へ行かせた作造はすぐにも戻ってくるだろうから、盗んだときはよく見もせぬまま懐へ入れて急いで家の外へ出たのかもしれないが、落ち着いてから見直したときにはより大きな金に換えられるかもと気分をよくしたのではなかろうか。

　ただし、普段見つけぬ小判はそれだけでも価値はあろうが、不用意な出し方をするとどこかで誰かに嗅《か》ぎつけられて、自分の犯行がバレてしまう《あしがついてしまう》懼《おそ》れもある。処分には慎重を期さねばならぬ一方で、確かな証となりかねない品はできるだけ早く手放したかった。そこで、安全な処分先が見つかったときすぐ見本として示せるように、七枚のうち一枚だけ懐に忍ばせていたものと思われる。

それを思わず賭場で使ってしまったのは、酒が入って気が大きくなっていたところへ博打で負けて熱くなり、つい我を忘れた、といったところだったのだろう。

「残念だったな。享保小判だと、本当だったら一両二分（一分は一両の四分の一）以上の駒に替えられたはずだったのにな」

「……………」

「残りは六枚か。そなたの住まう長屋を探せば出てくるかな。それとも、今も懐にしておるか？」

自分の推測が当たっているなら、酔いが醒《さ》めてからはさすがに後悔を覚えたはずだ。すぐ疑われるとまでは思っていなかっただろうが、万が一を考えてますます急ぎで処分しようという気になっていてもおかしくはない。

しかし三日やそこらではまだ安全に受け入れてくれる先は見つからず、とはいえ処分自体は急ぎたいから、家捜しされても簡単に見つからないような取り出しに手間が掛かるところへは隠していないだろう、と考えてぶつけた問いだった。

牢屋敷に収監された御用聞きには、周囲の囚人たちから凄惨《せいさん》な私刑を受けてお裁きが下るまで生き残れない、といった事例が数多くあった。裄沢は、権太郎が抱えているはずのそうした恐怖心を揺さぶったのである。

裄沢の言葉を聞いたとたん、権太郎はいきなり立ち上がると後をも見ずにその場から逃げ出した。

「！――待てっ」

最初に反応したのは鵜飼だった。権太郎が座っていた末席からは離れていたが、飛びかかるように体を伸ばした。

その場の進行を裄沢に任せて後ろのほうに控えていた安楽も、遅ればせながら動こうと腰を上げかけ――逃げようとする権太郎に突き飛ばされた。よろめいた安楽は、咄嗟《とっさ》の反応で逃げた男を追いかけようとしていた鵜飼に摑まり体を支えようとする。

唯一権太郎を捕らえることができそうだった鵜飼だが、安楽という荷物が急にぶら下がってきたため突進する勢いを失ってしまった。

「邪魔だ」

「こ、これは申し訳なく」

「いいから放せっ」

「は、はひっ」

モタモタしているうちに、権太郎は隠居所の外へと裸足《はだし》のまま飛び出していった。

その間、裄沢は——町方の面々の中で権太郎からは一番離れていた上、身体能力に自信があるわけでもないので、驚き呆れる六兵衛らとともにただ傍観《ぼうかん》しているだけだった。

鶏飼が表へ出たとき、権太郎の姿はもうどこにも見えなかったのである。

逃げた権太郎を捕らえるための手配りについて、茫然《ぼうぜん》としている安楽はほとんど役に立たなかった。ところを受け持つ定町廻りの立花は廻り方の任に就いて半年にもならず、地理などについてはようやく憶えたものの、こうした緊急の手配などはいまだ不慣れなままであった。

結局、権太郎は見つけられずに終わってしまったのである。

ただ、権太郎が住む長屋からは残りの享保小判六枚が見つかった。当人が事実を突きつけられて逃亡していることもあり、これで隠居六兵衛の居宅で生じた盗みの咎人は、権太郎であると断定された。

大番屋に囚われていた大工の民三は、即座にお解き放ち（釈放《しやくほう》）となったのである。

十二

やくざと香具師は、全く違う生業《なりわい》である。しかしながら高市《たかまち》（祭りや縁日などの賑わっている場所）と縁が深いという共通点はあるし、やくざの親分が表稼業として香具師の元締を、子分の三下《さんした》やくざが香具師をやっているという実例もあったことだろう。

すなわち、現代はともかく歴史的に見れば、両者には直接仕事上の関わりは薄くとも、日ごろから普通に言葉を交わすようなことはあってもおかしくはなかったのだ。香具師がやくざの開帳する賭場に出入りするということも、他の活計で暮らしている者が通うのと同様、普通にあったであろうし。

香具師の元締を手伝う三吉には、権太郎がやくざの賭場で盗んだ金を使ったのを嗅ぎつけられるだけの手蔓《てづる》は十分あったことになる。

ただしこれは、裄沢の「あるいはそのようなこともあるかもしれない」という思い付きが、紛《まぐ》れ当《あ》たりしただけにすぎなかったのであるけれど。

隠居の六兵衛が自身の保持する享保小判について、周囲に自慢していることは三吉が簡単に突き止めていた。六兵衛の「盗まれた七両」というのがこの享保小判かどうかは、あの日当人に尋ねるまで不確かであったのだが。

麻布がさほど賑わいのある土地ではなく、開帳される賭場の数が限られていたことも、裄沢らには有利に働いたと言える。

三吉は突き止めた事実を、非番で待機していた室町を通じて裄沢に届けただけだった。いまだ町奉行所への憚りを覚えている三吉は、舎弟《しやてい》たちを動かすだけで自身は安楽や鵜飼の前には姿を現さなかった。

同心詰所で安楽と対峙《たいじ》したときには、誰が本当の咎人なのか、裄沢はすでに確信を得ていたのである。

ともかく民三は解き放たれ、三吉が案じていた家族の下へ帰っていった。盗みの被害に遭った六兵衛自身は、民三が捕らえられた後も捕り違えではないかと疑っていたことからすれば、今後大工として家族を養い続けることにもおそらく不安はないだろう。

「あたしの人を見る目のなさと不甲斐《ふがい》ない振る舞いで、ずいぶんとご迷惑をお掛けしました」

　安楽は、鵜飼や裄沢の前でがっくりと肩を落とした。権太郎の捕縛について、あまり役には立たなかったもののいちおうの手配りは行った後、「自ら謹慎すると伝えてほしい」と言い残し、独り組屋敷へと帰っていった。

　その窄《すぼ》めた背中を、鵜飼と裄沢は黙って見送った。

　北町奉行所へ戻る道すがら、鵜飼は裄沢をべた褒めし、すぐ目の前にいた権太郎を取り逃がした自分の不手際を悔しがった。

「突然だった上に、安楽さんが鵜飼様の動きを邪魔するような格好になってしまっていたので、仕方のないことです」

　裄沢はそう鵜飼を慰《なぐさ》めたが、尊敬の念を隠しもしないキラキラとした目で見つめられ続け、道中ずっと面映《おもは》ゆい思いをさせられた。


　翌日の北町奉行所、内座の間。人払いをした座敷には、奉行の小田切の他には内与力の唐家と深元の姿しかない。

　三人目の内与力である鵜飼は、まだ早いとしてこの場には呼ばれていなかった。おそらくは今も、裄沢に張り付いてその一挙手一投足をわずかも見逃すまいとしているところであろう。

「しかし、佐久間ばかりでなく、安楽までとはの」

奉行の小田切が慨嘆《がいたん》した。

「佐久間のようなはっきりとした悪行が確認されたわけではない、というのがまだ救いではありますが」

「佐久間に疑義ありとなったところで、その一番のお目付役だった安楽にも、疑いの目を向けるべきでしたかの」

「思い返せば、隠密廻りから定町廻りに戻した後の安楽は、ずいぶんと無気力になっていましたからな。その後、臨時廻りに据え直したことで気概を取り戻してくれるかと期待しておったのですが、角《かど》が取れたのではなく、まさか周囲に流されるようになっていたとは」

唐家と深元がそれぞれに反省の弁を述べる。

「ともかく、このまま安楽を廻り方に残しておくわけにはいかぬな」

きちんとお勤めを果たしていた中で、無実の者を誤って大番屋に送ってしまったというなら、ここまでの決断はしない。誰にでも間違いはあるし、そのたびにいちいちお役替えにして今のお役からはずしてしまったりすれば、皆の仕事への取り組み方が後ろ向きで臆病《おくびよう》なものになってしまう。だからやるとしても、口頭で注意するぐらいが妥当《だとう》なのだ。

ところがこたびは、安楽は周囲からの意見に従っていったんはやめさせた手先を、当人の強い要望で再び使い始め、このような結果になるのを看過した。しかもこの手先の勝手気儘《かってきまま》な振る舞いを掣肘《せいちゅう》するどころか、それに気づきもしていなかったというのだ。

廻り方としての資質が、欠けているとしか判断できないことになる。

それでも、罷免《ひめん》したり隠居させたりというところまでは考えなかった。当人がこうなってしまった経緯には、前任の奉行のときのこととはいえ、町奉行所として責任の一端は感ずべきとの自覚があるからだ。

「年齢《とし》から言えば、廻り方を満了《あが》りにするのは別な者と思っていたのですが」

「どこから代わりを持ってきますので？　もし廻り方以外から持ってくるとなれば、新たに任じた者を、安楽の代わりにそのまま立花と主に組ませるのは無理があると存じますが」

「安楽があのようだとは思わなんだゆえ、立花には少し気の毒なことをしたのう」

「安楽があまり頼りにならぬため、隣の城西《じようさい》方面を受け持つ藤井と組むことの多い筧が、よく面倒を見ていたようですが」

「すると、筧にも余計な負担を掛けておったか」

「もしそうなら、皺寄《しわよ》せは藤井のほうにもいっていたかもしれませんな」

「藤井ならば、組ませる臨時廻りのほうが不慣れでも、なんとかしてくれるように思いますが」

「定町廻りのうちの一人を臨時廻りに上げるなら、そのまま主に立花と組ませる形でもいけると思えますな」

「いずれにせよ安楽をはずす分、誰かを廻り方にもってこなければならぬな」

そう口にした小田切にも、聞いた内与力の二人にも、同じ人物が頭に浮かんでいる。

「しかしあの男、仕事に戻ったその日に手にした書付から、すぐにかような結果を出すとは……」

解き放った男はお裁きを下すどころか牢屋敷にすら収監《い》れていないのだから、厳密に言えば捕り違えになってはいないのだが、それでも縄付きにして大番屋へ送った者を「咎人は他にいた」として解き放つのは、当然、御番所としては不面目なことである。

とはいえ、お裁きを下した後に事実が明らかになるよりはずっとマシであった。であるからには、これを回避した者の功績を認めないわけにはいかない。

「しかもその直前、わずかでも好転すれば儲《もう》けものとして無理を承知で押しつけた難題を、これも見事に解決してしまいましたからな」

「これで、自分から謹慎を申し出ねばならぬほどの違命《いめい》を犯していなければ」

「いや、そもそもの反骨心が問題の根本であろう」

「それが性《さが》ともなれば、どうしようもありませぬか」

「まあ、使うほうの心持ち次第のところがないとはいえぬと存じますが」

深元とやり取りをしながら、唐家はチラチラとこちらを見ているのに奉行は気づかぬふりをする。

「ともかく、安楽のこととその後任については考え置く」

そう、主題から逸れていく話をぶった切った。

主でも上役でもあるお人の決断が下ったからには、そこまでである。深元と唐家は退出の挨拶をしてその場から去った。

独りその場に残った奉行は、いつぞやと同じように小さく溜息をついた。

第三話　陥穽《かんせい》

一

　裄沢はまたまた内与力に呼ばれ、己の仕事場である御用部屋の奥、祐筆詰所《ゆうひつつめしょ》の先にある小部屋へと連れ込まれていた。こたび裄沢を呼び出した内与力は、唐家であった。

　ここは、皆の前ではできないような話を少人数でするときに使われる部屋だ。この小部屋とか、さらに先にある内寄合座敷《うちよりあいざしき》の控《ひか》えの間《ま》とか、あるいはお奉行が私事《わたくしごと》の仕事で使う内座の間とか、はたまた奉行所を出て通町にある自分の金では入り口を潜《くぐ》ることも憚《はばか》られるような料理茶屋とか、とにかくこの二、三年は御番所のお偉方に呼び出されることが増えすぎた。

　上役から仕事絡《がら》みで一人だけ別な場所へ呼び出されるような同心は数少ないの

に、いったい自分はこれで何度目になるであろうか。しかも、前に呼ばれたときから次に呼び出されるまでの間隔が、どんどん短くなっているような気がするのは、果たして自分に起因する理由があるとでもいうのか。

思い当たるところは無《な》きにしも非《あら》ずだが、その全てがみんなそうだとは考えたくない。いや、そうであるはずがない。

今までの呼び出しの全てが口頭注意や譴責《けんせき》などの処罰のためであったなら、自分はもうとっくにこの北町奉行所から追い出されていたであろう。とはいえお褒めに与《あずか》るためかというと、そうでないことのほうが多いという自覚はある。

——実際、どっちが多かったか。

そう考えてみても、自分でも判断がつかない。第一、あまりにも多すぎて、その全てを残すことなく指折り数えられる自信がない。

ただ、漠然《ばくぜん》とした嫌な予感はある。これまで群を抜いて印象に残っているのが、突出して数の多かった、譴責でも奨励《しょうれい》でもない呼び出しなのだ。

相談ごと——というか、身《み》も蓋《ふた》もなくぶっちゃけると、「厄介ごとの押しつけ」である。つい先日も、二つ立て続けにされたばかりであったし……。

こたびもそうではないかと、内心溜息をつきながら恐る恐る唐家の話に耳を傾けた。

「廻り方の応援、にございますか」

聞こえてきたのが思いも寄らぬ話だったので、つい唐家の言葉を遮《さえぎ》ってしまった。

「うむ。安楽が自ら身を慎む格好になっておるで、廻り方の人手が足らぬことになった。なぜこうなったかという仕儀を考えれば、すぐに安楽を呼び出して仕事に復帰させるわけにはいかぬからのう。その穴埋めを、そなたにやってもらいたいということじゃ」

「さほどに、廻り方が困っておりますので？」

廻り方は定町廻りと臨時廻りが各六人、隠密廻り二人の計十四人で江戸の町全域の治安を受け持っている。確かに十二分な人員が配されているとは言えないが、それでも各人、非番の休みもしっかり取れている中で仕事をしていた。

しばらくして安楽が復帰するのか、あるいはお役替えがあって新たな者が着任するのかは知らないが、それまでの短い間ならば一人欠けてもどうにかなりそうな気がする。これまで、廻り方の一人に病による短期の静養などが生じても、残った人数でやり繰りしてきているわけであるし。

裄沢の口にはしない疑問に、唐家は誤りなく反応した。胡乱《うろん》な者を見るような目で裄沢を見やる。

「つい先日まで、安楽同様に引き籠《ひこ》もっておった者がいたからの。その者がようやく出てきたかと思えば、今度はこの有り様だ──『いついつまでに対処ができる』という目途《めど》が立っておるならまだしも、さすがにこうも立て続いては廻り方の面々の疲弊《ひへい》に気を配らねばならなくなっておるわ」

「それは……」

裄沢は、「つい先日まで安楽同様引き籠もっていた者」ではあっても廻り方とは違うが、廻り方でそうした者に思い当たるところがある。というか、引き籠もっていた理由が一緒だし、そうなった原因は裄沢が音頭を取った行動にあった。

さらには、悪いことをしたとはいっさい思っていなくとも、安楽が自分から謹慎するような事態に立ち至った一因が、自分にないとは言えない。

唐家に当てつけられたとて、抗弁はできなかった。同時に、「なぜそれがしに」とも聞けなくなる。

「それがしが唐家様お指図の仕事に就《つ》いたとして、本来のお役である用部屋手附のほうはどうなされますのか」

「残った者で回すより仕方があるまいのう」

あっさりと返答してきて、さらに付け加えた。

「幸いと言うべきか、たびたび用部屋手附本来の仕事から離れて好き勝手しておる者がおっても、いちおうきちんと仕事が回るようになっておるようだしな――これも、慣れかの」

表立って反論できない裄沢は、グッと詰まる。

――本来用部屋手附がするべき仕事ではないものに、かかずらわっているのの半分は、あんた方が押しつけてきたこっちゃないのか。

そう思いつつ口には出さない。なにしろ残りの半分については、何の言い訳もできないのだから。

「廻り方の応援ということですが、実際何をやることを期待されているのか、詳しく伺《うかが》ってもいいでしょうか」

代わりに半眼で恨《うら》めしげに睨《にら》みつつ、従う前提の質問を発した。

唐家はどう見られようが平気の平左《へいざ》で、邪気なく答えてくる。

「うむ。安楽が欠けたとて、臨時廻りは全く別なお役に就いていた者をそのまま据えられるような職種《ところ》ではない」

臨時廻りの主な仕事は定町廻りの補佐や助言などであるから、定町廻りの仕事に精通していない者が務まるはずはない。実際、ほとんどの臨時廻りは長年定町廻りを勤めた経験を有していた。

ただしそうである以上、短期の代理としての経験しかない裄沢も、適格者とは言えないことになる。

「かと言って、立花を新たな定町廻りに登用してようやく半年経ったかどうかという今の時期、定町廻りから臨時廻りに引き上げる者を出して、また新任の定町廻りを増やすのもどうかと思われての」

江戸を六分割してそれぞれの地域を受け持つ定町廻りのうち、二人が新人だというのは上から見れば確かに不安かもしれない。

「そこで、二人いる隠密廻りのうち石垣《いしがき》のほうを臨時廻りの応援に回してな、そなたには残る鳴海《なるみ》の手伝いとして、しばらく隠密廻りの仕事をしてもらおうかと思うておる。幸いなことにそなたは、以前にも隠密廻りの手伝いをした実績もあったしの」

「……それがしの隠密廻りの手伝いは、ただの名目上のことに過ぎませんでしたが」

裄沢が隠密廻りの手伝いを仰せつかったのは昨年の春のこと。裄沢への逆恨《さかうら》みから「仕事上の重大な不始末」という濡れ衣を着せてきた与力の、鼻を明かしたついでにその不正まで暴くような結果になってしまったから、「波風が収まるまで」という期間限定で内役の仕事場から離れよという趣旨のお指図を受けたときのことである。

ただ、実際の上《うえ》つ方《かた》の思惑が別にあったことは、後々明らかになったのではあるが。

まだ一年と少ししか経っていないのに、もうずいぶんと昔の出来事のような気がしている。さほどに、この一、二年は裄沢にとって激動の日々だった――それも、このようにたびたび別の部屋へ一人だけ連れてこられていることと、決して無関係ではない話なのだ。

じっとりとした裄沢の目つきなど気づきもせぬ素振りで、唐家はさらりと告げてくる。

「実際がどうであったかなどは、どうでもよいのじゃ。そなたが前にもやったという、先例があれば名分が立つということこそ大事」

「実際に隠密廻りの手伝いになどなっていなかったことは、どうでもよいと？」

明《あ》け透《す》けな疑義にも平然と真っ直ぐ見返してくる。

「そのようなもの、気に掛けるまでもない。大事なのは、やらせてできるかできぬかということだけ。さもなくば、どのようなお役も経験なくては務まらぬということになり、ついには皆が歳取って誰も御番所にいなくなるわ」

「しかし、名目は立たねばならぬのですか」

しつこく問う裄沢を、唐家はジロリと睨んだ。

「なにせ、自ら謹慎するようなことをしでかしたばかりの者に申し付けるわけだからの――廻り方は町方同心の花形。皆が望み羨《うらや》ましがるお役だということを、まさかそなたが知らぬはずもあるまい」

「なれば別段それがしに仰せつけられずとも、やりたい者はいくらでもおるのでは」

「ただのお役替えであれば、それもよかろう。というか、別の者に命じておったやもしれぬ。

しかしこたびは、城南地域を受け持つ定町廻り、そして主にその者と組んでいた臨時廻りと、立て続けに同じところへ目配りしていた二人を相次いで引き揚《あ》げさせたのじゃ。しかも、安楽をこれよりどうするかはお奉行様も検討なされておる最中じゃ――以前同様に城南方面を主に見させるということはせぬ、という点だけははっきりしておるがの。

　そうした状況で、しかも安楽を廻り方に残すとなれば、わずかな間だけ廻り方にしておいてまたそのお役を取り上げることになるものを、何の罪もない者へ任せられるか」

「……これは、引き続きそれがしへ与える罰の一つであると」

「そう考えてもろうてよい」

　唐家ははっきりと断言した。

「それでは、隠密廻りの石垣さんが安楽さんの代わりに臨時廻りについて、それがしは隠密廻りの手伝いとして鳴海さんのお役に立てるよう努めればよいと」

「臨時の措置ゆえ、あくまでも応援であってそれぞれの配属《お役》は元のままじゃがの。

　石垣は安楽の代わりに入るが、さすがに慣れぬ石垣を新任の立花と組み合わせるのは不安が残るゆえ、実際には専《もっぱ》ら筧と立花、石垣と藤井、というふうに組ませるつもりである。

　そなたには、自身申していたとおりに隠密廻りの鳴海の手伝いをしてもらうことになるが、なに、今吃緊《きつきん》で隠密廻りに探らせるような案件は生じておらぬ。ゆるりとした気持ちで、勤めに就いてもらえばよいからの」

「……さような状況でしたら、わざわざそれがしを廻り方の応援に回さずとも、手の空《す》いている臨時廻りに補助をお願いすれば済むのでは」

「今は一心に取り組まねばならぬようなことが生じていなくとも、いつ重大事が発生せぬとも限らぬ。そんなときに隠密廻りがまともに身動きも取れぬとか、隠密廻りをきちんと動かそうとしたがために定町廻りの補佐に穴が空《あ》く、などということは絶対にあってはならぬ。ゆえに、そなたにお鉢が回ってきたということだ。

ああそれから、もし本当に隠密廻りが二人ともに専念せねばならぬような重大事が起こったときには、そなたには石垣の代わりに臨時廻りのほうの手伝いに回ってもらうことになるやもしれぬゆえ、さよう心得ておけ」

「それがしが、臨時廻りの代わりですか……」

「なに、いざとなったならばということで、そうなりそうだからというわけではない。万が一に備えて前もっての心づもりだけあればよいということ——なにも立花の面倒を見よと言っておるわけではない。それなりに経験を積んでおる藤井となならば、どちらが定町廻りでどちらが臨時廻りなどと難しいことは考えずとも、二人して上手《うま》くやっていくことはできよう」

「はぁ、それは隠密廻りで専念すべきほどの重大事に携わるよりは、ずっとマシでしょうが」

「ならば、そのつもりでおれ。御用部屋の皆にはこれより告げるゆえ、引き継ぎは本日中に済ませるように」

　それだけ言うと、唐家は裄沢をその場に残したまま席を立って戸口へと向かう。襖《ふすま》に手を掛けて裄沢を見返した。

「ほれ、何をしておる。御用部屋でそなたが抜けることを皆に告げに行くぞ。その後は、隠密廻りの鳴海と顔合わせじゃ」

　どうやら、鳴海はもう呼ばれているらしい。裄沢も、得心しきれてはいないもののの、仕方なく立ち上がった。

二

　翌日。裄沢の姿は江戸城から神田川を越えてさらに北方、浅草《あさくさ》よりも上野寛永《うえのかんえい》寺《じ》よりも先の吉原遊郭《よしわらゆうかく》にあった。

ときは午九《ひる》つ（正午）。吉原で昼見世《ひるみせ》が開く（昼の営業が始まる）刻限である。朝帰りの客がいるから通用門から外へ出ることはできるし、吉原の中で商売をしている者らの出入りや荷の搬入もあるが、見物人を含む客が中に入れるのはこの刻限からとなる。

大門《おおもん》からは、多くの客がぞろぞろと入ってきた。そのうちの少なからぬ者は、日《ひ》の本《もと》で一番大きな遊郭とはどんなところかを見物に来た、ただの素見《ひやかし》なのではあるが。

裄沢はそれを、大門を入ってすぐ左手に建つ面番所《めんばんしょ》の前で眺めていた。隣には、隠密廻り同心で裄沢が応援として手助けすることになっている鳴海文平《ぶんぺい》が立っている。

隠密廻りは町奉行から直接に指示命令を受け内偵などの秘密の探索にあたるのを主任務としたことから、浪人や虚無僧《こむそう》、あるいは場合により町人や無宿人などに扮《ふん》するような変装をごく当たり前に行った。このため、町奉行所内において黄《き》八丈《はちじょう》の単衣《ひとえ》に黒羽織《くろばおり》といった、町方役人定番の身形《みなり》を求められない唯一のお役とされている。

その隠密廻りと隠密廻りの応援の二人が、この場に限りきちんと町方装束を身に着《つ》けている。それは、吉原に設けられた面番所に常駐し不審な者の出入りを監視することも、隠密廻りの仕事とされているからであった。

昼見世が開く半刻ほど前に吉原へやってきて鳴海と落ち合った裄沢は、その鳴海に連れられて面番所の向かいに建つ四郎兵衛会所《しろべえかいしょ》に顔を出し、軽く挨拶をしてからこの場に立っているのだ。

面番所が町方役人の詰所として設けられた建物であるのに対し、四郎兵衛会所は吉原で妓楼《ぎろう》を営む者たちが雇った奉公人による、場内の管理と統治のための施設である。

本来ならば新任の隠密廻りは吉原の主だった顔ぶれから正式に挨拶されるところであろうが、裄沢が「一時的な応援」ということで石垣の代わりにやってきたため、このような半端《はんぱ》な扱いになっているのだった。

「どうしたい。落ち着かねえかい？」

隣に立つ鳴海が、気さくに問い掛けてきた。

「はあ、臨時とはいえ昨日お指図を受けて、今日はもうこんなところに立っているのですから」

「まあ、気楽にな。開門の混雑が落ち着いたら、四郎兵衛会所《かいしよ》から弁当が届くからよ」

「上《あ》げ膳据《ぜんす》え膳《ぜん》ですか」

来て何もしないうちに飯か、という思いが思わずポロリと口から零《こぼ》れた。

ちらりと裄沢を見てから雪崩《なだ》れ込んでくる人々に目を戻した鳴海は、反発を覚える様子もなくサラリと返した。

「吉原《なか》ってとこは、自分らで取り決めた独特の仕来《しきた》りで動いてる。お上にゃあ毎年大きな運上《うんじよう》（売上税）を納めてるが、そこにゃあ『余計なことにゃあできるだけ口出しされたくねえから、金ぇ払う分黙っててくれ』って意味合いも込められてる。おいらたちのとこへ毎日昼夜、贅沢《ぜいたく》な弁当届けられんのも、『目も耳も塞《ふさ》いでろ』って連中からの賂《まいない》よ」

「……そうと判っていて、受け取っていると」

「おいらたちよりずっと大口で受け取ってるのがお上自身だ。なら、おいらたち下っ端がそのやり方に従うなぁ当然だろ。下手に押し返そうとしたって、連中にとって都合が悪《わり》いとなりゃあ、ご注進が上に行ってここに立つ者が挿《す》げ替《か》えられるだけさぁね」

ヘラヘラとした口調でそこまで言ってから、話しぶりを真剣なものに変える。

「けど見逃すなぁ、お上の黙認の下で連中が内々に取り決めてやってることだけだ。ご定法に背《そむ》くつもりだとなりゃあ、いっさい容赦《ようしゃ》はしねえよ」

口調をお気軽なものに戻してなおも続ける。

「ともかくお前さんは、こん中がどうなってて、どんな決まりごとで動いてんのか、まずはじっくりと見てよく嚙《か》み熟《こな》すこった。そいつができるまでぁ、余計なとこへ首ぃ突っ込んで引《ひ》っ掻《か》き回《まわ》すようなこたぁ手控《てびか》えとけ。じゃねえと、お前さん含めた町奉行所のほうが大火傷《おおやけど》しかねねえからよ」

「承知しました。ご忠告ありがとうございます——けれど、そうすると我らはここでただ人々が行き交うのを見ているだけになるのですか」

「こん中で掻《か》っ払《ぱら》いがあった、食い逃げがあったなんてえことにゃあ、まずは会所が対処する。こっちゃあ、よほどの大ごとがあって助けでも求められねえ限り、まぁ引っ立てられてきた咎人《とがにん》を受け取って大番屋へ連れてくれえが仕事ってことんなるなぁ。

けど、おいらたちがここにいる眼目《がんもく》は、他にあるのさ」

「他に？」

「吉原《こん中》で悪さするような野郎どもは、会所の連中が目ぇ光らして取り締まってる。会所にゃあ、妓楼やお茶屋（引手茶屋《ひきてぢやや》。格式高い妓楼と客の間を取り持つ仲介業者）なんぞが出した金で雇われて囲いの中のことなら隅から隅まで知ってる連中が、そうした雇い主の見世とも密に連絡取り合って動いてるわけだから、余《よ》所《そ》からやってきたおいらたちが駆けずり回るよりよっぽど上手く咎人をしょっ引いてくらぁ。

けどな、中でたぁだ遊んでその分の金ぇバラ撒いてくれんなら、連中にとっちゃ『筋のいい、真っ当な客』って以外の見方はされねえ。その金がどこでどんなふうに得られた物かなんて、連中にとっちゃどうでもいいんだからよ。

そこで初めて、おいらたちの出番になる。他人《ひと》ん家《ち》から盗んだにせよ奉公先からくすねてきたにせよ、持ちつけねえ大金を手にした野郎の中にゃあ、気が大きくなって普段行きつけねえ華《はな》やかな場所へ繰り出し、派手に遊んじまうような考えなしが結構いるもんだ。そんな野郎どもが、篝火《かがりび》に引き寄せられる蛾《が》や羽虫みてえに寄ってくんのが、お江戸で一番格式の高《たけ》えこの吉原ってわけさ。

遊び慣れねえお大尽《だいじん》（豪遊する者）が大盤振《おおばんぶ》る舞《ま》いしてるとか、身形や素振りからぁ場違いなんじゃねえかっていうような見世に入ろうとしてる男、そうでなくても挙動不審《きょどうふしん》でどっか足が地についてねえ野郎なんぞがいたときから、こっちが目ぇ配ってくことんなる。とはいえ、よっぽど確かな証でも見せねえ限りゃあ、門の内にいる間は手出しはしねえ。そっと後を尾《つ》けるなりなんなりして氏素性《うじすじょう》を確かめ周辺を洗い、悪さの末に手にした金じゃねえかどうかを見極《みきわ》めんのさ。

まぁそういうこったから、他の廻り方じゃあなくって、いざとなったら身形を変えて目立たねえように動けるおいらたち隠密廻りが、このお役を任されてるってことかもしれねえな」

とはいえ、本日は裄沢が初日であるため隠密廻り（応援含む）が二人揃っているが、通常面番所での立ち番は一人であることが多い。手の足りない分は、先日の辻斬りの一件で裄沢も知り合った浅草田町《たまち》の袖摺《そですり》の富松《とみまつ》ほか、近くの町を縄張りとする御用聞きたちの子分が交替で詰めて補ってくれているという。

「なるほど、よく判りました」

鳴海の話を聞く限り、隠密廻りが吉原の中で町方の威光を振り翳《かざ》すような状況はほとんどないことになるが、これは半分、裄沢に「暴れようとするな」と釘を刺しての言葉であろう。さほどに、裄沢のやさぐれた振る舞いは皆に知れ渡っているのかと、心の内で苦笑するばかりである。

「ところで、出された弁当は今のうちにじっくり味わってありがたく食すんだぜ」

「？　――それがしが来たばかりゆえ奮発して、いつもよりいい物が用意されているということですか」

「いいや。連中にとっちゃあ、どうせ客に出す食事が一食か二食増えるだけのこった。こっちの機嫌取っときてぇのに、そんなしみったれたこたぁしねえやな。

そうじゃあなくってよ、『吉原で面番所に立ってるとこんな贅沢ができんのか』なんて感激できるなぁ、最初のうちだけだって話よ。さっきも言ったように、出てくる飯は客に出すのとおんなしで、こっちのために余分な料理《もの》まで作ってくれるわけじゃあねえんでな。客にしたって、毎日通い詰めてそのたんびに立派な膳を求める者なんていやしねえとなりゃあ、並ぶ菜《さい》（おかず）なんてそうそう変わり映えはしねえやな。いくら物がよくったって、そのうちに飽き飽きしてくんのよ。かと言って、連中が機嫌取ってくんのを『要らねえ』なんぞと突っ返して余計な気を回させるワケにもいかねえしな――これでこっちも、いろいろと

「なるほど。上げ膳据え膳でも、いいことばかりではないんですね」

祈沢の頷《うなず》きにヘラリと笑う。

「今日んとこらぁ、陽が落ちてから繰り出す花魁道中《おいらんどうちゅう》でも見物して、夜の弁当掻《か》っ喰《く》らったらもう帰っていいぜ。おいらたちの吉原《ここ》での勤めは気分次第《きぶんしでぇ》なとかぁあるが、だいたいが昼の開門から夜の客が落ち着く五つ半（午後九時ごろ）までの間の数刻だ」

「それで、本日の集合が午前《ひるまえ》の四つ半（午前十一時ごろ）過ぎだったのですね」

「まあ、さっき言ったようなこって、客もいねえとこで目ぇ光らしてても、無駄んなるだけだからな」

「お気遣いはありがたいですが、仕事を始めるのが遅かった分ぐらいは残っていますよ」

「真面目だねぇ。まあ、好きにすりゃあいいさ」

鳴海は、あっさりと祈沢の考えを認めた。口が悪く耳に逆らうようなことも言ってくるが、どうやら悪い人物ではなさそうに思えた。

隠密廻りの応援についてから数日は、何ごともなく過ぎていった。裄沢は非番の日を除いて毎日、吉原へ出向いて面番所での立ち番の仕事に従事している。その間、鳴海は顔を見せたり全く姿を現さなかったりいろいろだ。

そして裄沢は、吉原へ詰めるようになってから己の所属する北町奉行所へは一度も顔を出していない。これも、鳴海からの指導によるものだった。

「いいかい。御番所へ顔ぉ出すなぁ、向こうから呼ばれねえ限りは偶《たま》に気が向いたときだけでいい――おいらたち隠密廻りは、いざお奉行から極秘の探索を仰せつかったとなりゃあ、身分を隠して何日も潜行しつつ探索を行うってのがお役目だ。それを、毎日決まったように同心詰所に顔ぉ出して、朝夕の打ち合わせに参加してたらどうなる？　顔を出さなくなったとたんに、『ああ、隠密廻りに何か内密の仕事が入ったんだな』って、廻り方どころか外役の皆に知られちまうことんなる。そんなんじゃあ、極秘の探索も何もあったもんじゃねえだろ？」

確かにそのとおりなので、真っ直ぐ組屋敷と吉原の行き来だけをしているのだ。吉原で「急に顔を見なくなる」と察知されることは案じなくてよいかという点については、「御番所じゃあ、誰がどこの悪党と繋《つな》がっているかも判らねえってえ心構えを持ってなきゃならねえけど、そのために吉原にまで人を貼り付ける悪党はまずいねえだろ？　なら、実害はほとんどねえさ」という話だった。

ちなみに、隠密廻りが二人ともに秘密の探索のほうで手が回らなくなるようなときは、面番所での立ち番を臨時廻りに頼むこともあるそうだ。

なので日がな一日大門のすぐそばで待機しているわけだが、ただ目の前を通り過ぎる人の流れを眺めているだけなので、仕事をしているという充足は全く得られずにいた。少なくとも裄沢には、通行人を一瞥《いちべつ》しただけで悪党を見分けるのはまだ無理だった。

北町奉行所へ顔を出せとの連絡を受けたのは、そんな中でのことだ。

三

己の勤める奉行所に到達して御用部屋へ顔を出した裄沢は、その場にいた唐家に先日と同じ小部屋へ伴われた。

「よくぞ参った」

性急に腰を下ろした唐家は、まずは慰労を口にした。

「お呼び立てがあったということは、何かございましたか」

うむ、と唸った唐家は、難しい顔をして答える。

「実はの、そなたには隠密廻りの応援として本日まで吉原の面番所で勤めてもろうたが、筧や立花の応援に転じてもらわねばならなくなっての」

「……権太郎絡みで何か？」

「はっきりした話ではないのじゃが、そやつを見たという噂がチラホラ出ておるようでな」

「権太郎が！　――どの辺りでの話にございますか」

「うむ。さすがに麻布近辺からは聞こえてこぬが、赤坂や溜池《ためいけ》のほうでいくつかの。中には、山王権現《さんのうごんげん》のほうで見たという話もあるようじゃ」

赤坂は麻布から北《ね》の方角、外濠に面する町家である。溜池は、赤坂からお濠が緩《ゆる》やかな弧を描きながら南東へわずかに下った先の池のように広がった場所で、唐家はその外縁部の町家のことを言っているのであろう。

山王権現は赤坂と溜池の中間部、お濠の内側にある大きな権現社だが、参道が始まる場所には小さいながらも門前町ができている。

「どのような噂かお聞きしても」

「いずれも、人が行き交う中で権太郎らしき男の姿を見たというものじゃが」

「見た当人の話にございますか」

「いや。『権太郎を見知っている男がそういう話をしているのを聞いたという者がいる』、という程度のものよ」

「……あまり、当てにはならなそうにも思えますが」

「かといって、無視しているわけにはいかぬであろう」

麻布・永坂町の隠居所で起こった盗みについて、誤った男を捕縛したとの指摘を受けたのに続けて「本当の盗人はそなた自身だ」と暴かれ、権太郎はその場から逃走していた。

その後の探索でも影一つ見つけることはできなかったため、もはや江戸の地を離れたのではないかと思われていたところだった。

しかし、隠居所で盗まれたうち使われた分を除いた金は、権太郎の逃亡後に住まいであった借屋で丸々見つかっていることから、ろくに路銀も持たないままではそう長いこと逃げ続けられまいというのが廻り方たちの多くの考えだ。

その権太郎の姿が、己を見知っている者も少なからずいるであろう土地の近くで何度も見掛けられているというのは、信憑性《しんぴようせい》が高い話だとは思えない。とはいえ、仮にもお上の手先を勤めていながら罪を犯した男を、放置していると見なされるようなことがあれば町奉行所の沽券《こけん》に関わる――それは、確かに唐家の言うとおりだった。

「安楽さんは何と言っているのですか」

「それが、権太郎の潜伏先にも、頼っていきそうな相手にも心当たりはないと申しておるそうな。長年廻り方を勤めていながら、何とも頼りないことよ」

唐家は処置なしと溜息をつく。

「で、それがしにどうせよと――それがしも様々なお役に任ぜられてきましたからには、あの辺りのことを全く知らぬということはありませぬが、それもずいぶんと前の話。今となっては土地鑑《とちかん》もさほど定かでなく、当地に詳しい知り合いもおりませぬが」

「しかしながらそなたは、権太郎が無辜《むこ》の者に濡れ衣を着せたことを探り出せるだけの伝手《つて》を持っておったろう。それがどこの誰かは知らぬが、こたびの噂が真実かどうかを探る手助けにはなるはずじゃ」

言及されたのは三吉のことだ。裄沢としては三吉がいまだ北町奉行所を憚っている以上、その存在を公《おおやけ》にするつもりはなかった。

誰であるかはまだ知られていないはずだが、裄沢に権太郎の周囲を探らせるだけの手立てがあったこと自体は隠しようもない。ならば、裄沢としても権太郎探索に手を貸さないで済むはずはなかった。

となると、考えるべきは三吉を他の廻り方やその手先らと会わせることなく、どうやって自身の探索を進めるかということになる。

「……それがしの伝手は麻布辺りまでならどうにか手が届きますが、赤坂や山王権現となりますといささか持て余すと思われますが」

今の三吉の表稼業は、芝界隈を取り仕切る香具師の元締《もとじめ》の子分であるから、赤坂がそこからは離れすぎているという言葉は嘘ではない。ただし、以前裄沢が怪我をした来合の代理で定町廻りを勤めていたときには、三吉は大川《おおかわ》を越えて本所・深川まで調べの足を伸ばしていたのだが。

ともかく裄沢は、「そなたの伝手《さんきち》に他の面々と連携して探索を行わせよ」などという指図がなされるのを警戒した。

それを察知したわけではなかろうが、唐家はあっさりと裄沢の言い分を認めてくる。内役にすぎない裄沢の手先である以上、他に本業を持っているのが当然だとの町方としての常識を、小田切家の家臣から転任してさほど経っていない唐家もわきまえるようになったからだろう。

「立花の受け持ちのうち、城西に近いほうは藤井や筧が手助けする。赤坂など真ん中あたりはそれこそ立花自身がどうにかしよう。隠密廻りから応援させた石垣もおることだしの。

そなたとその手先は、麻布や飯倉など入来《ひ》の受《が》け持《し》ちに近いほうを当たってくれればよい」

唐家の話を素直に受け取れば、三吉を皆の目の前に晒《さら》さなくともどうにかなりそうに思える。どうせ何もしないわけにはいかないのだ。

「……そういうことでしたら、何とかやってみます」

頷いて、唐家に請け負った。

唐家にはその場で解放され、こちらへ向かう前に鳴海からは「今日は戻ってこなくてよい」と言われていた。普段であれば、それでも仕事に戻らんと吉原へ足を向けたであろうが、今日は考えがあって御番所に残ることにした。

裄沢は、応援を命ぜられていなければ本日も執務していたであろう本来の仕事場所である、御用部屋に顔を出した。

「裄沢さん！」

誰よりもいち早く見つけて声を掛けてきたのは、新任内与力の鵜飼だった。

「応援で別な仕事に就いたと聞いていますが、今日はどうしたのですか」

「きちんと引き継ぐ間もないほど慌《あわ》ただしくこちらから出る格好になってしまいましたが、本日ようやく体が空きましたので様子を見に参りました」

「そうですか。裄沢さんも慣れぬ仕事でお疲れでしょうに、ありがたいことです」

「いえ、自分から望んだことではないとはいえ、こちらの皆には迷惑を掛けておりますから」

裄沢と鵜飼とのやり取りを近くで聞いていた水城が胡乱げな目を向けてきたが、気づかぬふりをした。

それでも、裄沢が扱っていた仕事で判らぬことがあれば、水城に限らず同輩がいろいろと訊いてくる。裄沢のほうも、途中で放り出して気になっていた点を自分から持ち出して話し掛けることをした。

裄沢との会話を持てたことで解決した問題もいくつかはあったようで、そうした者らはすっきりした顔をしていたが、感謝されるところまではいっていなかったように感じられた。これも、裄沢の人望のなさであろうか。

唯一、キラキラとした目で裄沢が語っているのを頼もしげに見ていたのが鵜飼であったというのは、どうにも自慢になりそうにない。

そうして皆が仕事を終える刻限近くまでずっと、御用部屋に残したままだった仕事の後始末をした。


皆よりはわずかに早上がりをさせてもらった裄沢は、そのまま帰宅せずに表門脇の同心詰所に立ち寄った。ろくに引き継ぎもせずに去ったことが気掛かりだったというのは嘘ではないが、実はこちらのほうが主目的で、御用部屋には半分ときを潰すために居残っていたというのが本当のところである。

中では、すでに市中巡回を終えた者など廻り方の面々が顔を揃えて夕刻の打ち合わせを始めていた。

「おう、裄沢さん。今日はこっちかい」

定町廻りの西田が裄沢に気がついて声を掛けてきた。

裄沢が返事をする前に、筧が口を開く。

「ああ、これから話そうと思ってたんだが、裄沢さんにゃあ、ちょいとこっちを手伝ってもらうことんなった」

そう言って、権太郎出没に関する話を皆に披露《ひろう》する。

本来の持ち場での出来事に力を借りることになった立花は、「お手数をお掛けします」と歳下の裄沢に堅苦しく頭を下げてきた。

裄沢は、「いえ、お指図でやっていることですからお気になさらず」と軽く流す。裄沢と同時に応援で本来のお役とは違う仕事に就いている石垣とも挨拶を交わした。

「そうなると裄沢さんも、朝晩は毎日こっちに顔を出すことになるのかねぇ」

「権太郎の噂の件で目途がつくまでは、そうなろうかと思います」

臨時廻りの柊の疑問に、裄沢が答える。

「石垣さんは？」

「おいらのほうは、裄沢さんがこっちに入る分、隠密廻りの仕事に戻るとこも出るかな——まぁ、まずは様子見もかねて、半々ぐらいでやってくことになろうかねぇ」

臨時廻りの室町と石垣がやり取りする。

それから裄沢も仲間に入れて、連絡事項の通達や認識共有のための話し合いをして打ち合わせを終えた。

「裄沢。久しぶりに一杯やってくかい」

室町が誘ってきたが、裄沢は「今日は行くところがあるので」と頭を下げた。

じゃあ今度な、と言って室町が詰所を後にする。三々五々、皆もその後に続いた。

「お前もいろいろ振り回されてたいへんだな」

残った来合が、珍しく気遣いをしてきた。

「なぁに、これも星回りってヤツかね」

「貧乏暇なしってこったろう」

「互いにな」

そう言い合いながら、二人で詰所を出た。その後も話をしながら町奉行所の表門を出、呉服橋を渡る。

「じゃあ、俺は今日、こっちだから」

組屋敷へ帰るならば東へ向かうべきところ、裄沢はお濠沿いの南へ下るほうへ顔を向けて言った。

「ああ、じゃあな」

来合は別れを告げて、己の組屋敷がある八丁堀のほうへと去っていく。裄沢も、己が進むべき方角へと顔を向けた。

三吉と落ち合う二葉町の一杯飲み屋へ向かうのならば、いつもはお濠が屈曲する数寄屋河岸《すきやがし》のところで水辺からは離れて土橋に真っ直ぐ突き当たる道を通るのだが、この日の裄沢はなぜかそのままお濠沿いを進んだ。そうして、再びお濠が屈曲した山下御門《やましたごもん》のところで足を止めた。

そのまましばらく佇《たたず》んでいたところからすると、ここで誰かと待ち合わせでもしていたのであろうか。しかし誰もやってくる様子はなく、四半刻近く経った後、裄沢は道を東へ採って自分の組屋敷へと帰っていった。

四

翌日の裄沢は朝から御番所へ向かい、廻り方の市中巡回前の集まりに参加した。隠密廻りの応援となって吉原の面番所に詰めていたときと同様、やはり町方装束を身に着けてのことだ。

話し合いが終わると、裄沢は立花や筧に同行した。最初から一人で動くより、まずは、先行して調べを始めた者たちのやり方や探索の進行具合をその目で見ようという考え方である。

筧と立花が二手に分かれていることから、裄沢はまず、こうしたことに手慣れている筧と行動をともにすることにした。

筧は、定町廻りが受け持つ区割りの城西地区と城南地区の境に位置する、喰違《くいちがい》見附《みつけ》のほうへと赴《おもむ》いた。ここは赤坂御門と四谷御門《よつやごもん》の中間地点で、徳川御三家の一つ、紀伊家《きいけ》中屋敷の北東の角に隣接している。

筧が聞き込みに回った町家は一帯が鮫ヶ橋《さめがはし》と呼ばれており、この春に物乞いの坊主のような男が人目を惹《ひ》く年増《としま》を出会《であ》い頭《がしら》に刺し殺して騒ぎとなった、南寺町《みなみてらまち》の通りにも近い場所だった。

が、丹念な聞き込みにもいっこうに手応えがない。裄沢まで動員されることになった噂の出どころは定かではなかったが、ここではその不確かな噂すら耳にした者はいないように感じられた。

「どうも、この辺りゃあハズレのようだねえ」

前日も加えれば一日半経巡《へめぐ》り歩いて何の成果も得られなかった筧は、そうぼやいた。

裄沢の目にはまだ何か言いたいことがありそうに見えたが、当人が口にしないのは確信がないことだからだろう。だから、問い質《ただ》すことはしなかった。

午過ぎからは、立花のほうについて歩いた。

立花は、定町廻りとして市中巡回しながらの探索となる。当然、自分から聞き込みを行うようなときを掛ける余裕はなく、それぞれの町を縄張りとする御用聞きを伴いながら、道々に話を聞くのが精一杯だった。

そうやって次々とやってくる御用聞きの話に耳を傾ける立花の顔には、焦りが浮かんでいるように見える。

己が使っていた手先ではなくとも、自身の受け持ちの中でお上の権威を笠に着て幅を利かせていた男が罪を犯して逃げ回っているのだ。己《おの》が手で捕らえなければという気持ちが大きすぎるのだろう。

定町廻りに引き立てられて半年、初めてといってよい大きな捕り物だから、気負い込むなというほうが無理かもしれない。立花は、自分が受け持つ土地の中で権太郎のような男が好き勝手していたことに全く気づいていなかったのを、失態と考え負い目を感じているようだった。

それが判っていながら、裄沢としては慰めたり宥《なだ》めたりするような言葉を掛けることができなかった。

立花からすれば、裄沢は優秀な同僚として先達である廻り方の面々から認められているばかりでなく、お奉行や内与力の方々からも目を掛けられているように見える男である。本来ならば、自分が今就いているお役は裄沢にこそ与えられるべきと考えている者ばかりのように感じていておかしくはなかった。

そんな裄沢から慰めの言葉を口にされて、素直に聞けるであろうか。

反発されるならば、それはそれで構わない。しかし、その結果立花が空回《からまわ》りするようなことになれば、御番所そのものに影響が及んでくる。

権太郎の一件が起こったばかりの今、御番所のさらなる権威の失墜《しっつい》に繋がりかねないきっかけを、自分から作るようなまねは避けるべきだと考えた。

そんな裄沢の憂慮を払拭《ふっしょく》するような言葉は、御番所に戻ってからの夕刻の集まりで、室町から発せられた。権太郎に関する一連の報告がなされた際、立花が「皆さんにまでお手間を取らせて、本当に済みません」と頭を下げたときのことだった。

「立花さん。手前《てめえ》の持ち場で起こってることったから、どうしても自分の手で解決してえって気持ちゃあ判る。けど、あんまし焦っちゃあいけねえぜ——お前さん、御用聞きの連中と話ぃするとき、苛々《いらいら》してたり、つい強いもの言いになってたりしてねえかい」

「……」

「どうやら、思い当たる節《ふし》がありそうだねぇ――ああ、別に責めてるワケじゃねえよ。なにしろおいらだって、ここにいる他の面々だって、昔を振り返りゃあみんな憶えがあるこったからなぁ」

室町の視線を追った立花が周囲を見回すと、皆が頷いたり温かな視線を向けたりしていた。

「けどな、そいつぁ下策《げさく》だよ。下の連中がお前さんにものぉ言うときに畏《かしこ》まるのが当たり前になっちゃあ、お前さんの前でする話は確かなことだけで、『あるいはこうかもしれねえ』なんて不確かな思いつきは、お前さんの耳には入れなくなる。

連中の中にゃあ、長《なげ》えことこの商売やってんのがゾロゾロいる。そんな野郎どもの勘は、そうそう馬鹿にしたモンじゃねえんだぜ。そいつを上手く拾ってやんのも、おいらたちの腕に掛かってんだ」

「……はい。お教えありがとうございます」

「そんなに堅っ苦しくすることたぁねえぜ。みんな仲間なんだからよ。こたびゃあお前さんの手伝いで動いてるのがここにも何人かいるけど、他んとこで何かあったときゃあ、今度はお前さんが手伝いに駆り出される番だ。そうやって互いに助け合ってるから、この広いお江戸をたったこれだけの人数でどうにかできてんだ。胸ぇ張って、みんなに手伝ってもらやぁいいんだよ。

なによりおいらたち臨時廻りってえお役自体が、お前さん方定町廻りの手伝いするためにあるんだからよ――まぁその臨時廻りが役にも立たねえような不始末しでかしちまったから、今お前さんが困ってるんだけどな。そういう意味じゃあ、これまでおいらたちがしっかりしてなかったから起きたことの後始末が、お前さんのほうに回っちまって迷惑掛けてるんだ」

「そんな……」

「だから、己一人で背負《しょ》い込《こ》むようなマネはしなさんな」

室町の穏やかな言葉へ、立花は深々と頭を下げた。

皆が、その姿を見て黙り込む。

しばしのときが流れて、さて新たな話に移ろうかという流れになったとき、裄沢が「よろしいですか」と声を上げた。

夜も更《ふ》けてきた八丁堀。いまだときおり道を歩む者の姿も見られるものの、町方の組屋敷の多くはひっそりとしている。すでに寝静まっている家も少なからずあろうという刻限だった。

月も照らさぬ細道の暗がりで、角地に佇む一人の男がいた。陰になった路地の塀から顔だけ突き出している男は、完全に暗闇と同化している。

ほんのときおり、人が歩んでくる気配がすると、男は路地の奥に引っ込んで提灯《ちょうちん》の明かりに照らされぬように身を隠した。男は、通り過ぎる者に自分以外の誰かがいるなどとは、わずかも感じさせることがなかった。

再び角から顔を出した男の視線は、一軒の建物に向いている。そこは、並んで建っている他の家と、何ら変わらぬ下級御家人の組屋敷にしか見えなかった。

「そこのお前さん」

突然後ろから声を掛けられて、男の肩がビクリと跳ね上がった。さっと後ろを振り返ると、明かりも持たずにじっとこちらを見ている町人がいた。

着物の裾《すそ》を尻からげにしている分だけ自分より動きやすそうで、たとえこちらが急に逃げ出したとしてもすぐに捕らえられてしまいそうだ。それほど、尻からげの町人は隙がないように見えた。

尻からげの町人は、穏やかな口調で続ける。

「ああ、驚かしちまったかい。そいつぁ済まなかったねぇ」

そういえば、最初に掛けられた声も、こちらを驚かせないようにと気遣ったものだった。

尻からげの町人は、隠れ潜んでいた男の反応には構わず勝手に続ける。

「どうも、手前《てめえ》のほうだけ喋《しゃべ》っちまってるね。おいらぁ、この界隈でお上の御用を承ってる、日比谷河岸《ひびやがし》の助蔵《すけぞう》ってえモンだ──ああ、お前さんも御番所のお手先（この場合は町奉行所の小者のこと）だろ？　いやね、旦那のご用で呉服橋のほうへ行ったときに、ちょいとお見掛けしたことがあったからね」

こちらを北町奉行所の中で見たことがあると言うからには、この助蔵という男は自分で名乗っているように御用聞きだと思っていいだろう。

助蔵は、御番所の小者だと見破った相手が先ほどまで見ていたほうへ視線を向けた。

「お前さんもやっぱり、裄沢様のところの張り込みかい」

「！」

「いやね、こっちも入来の旦那からのお申し付けで、『ちょいと気ぃ配ってろ』

ってことんなったから、見回らねえわけにもいかなくってよ——っても、こっちゃあいつもは宵《よい》の口《くち》に一度か二度、こんなふうに回ってくるだけだから、お前さんみてえにずっと張り付きっ放しってほど大変《てえへん》じゃあねえけどね。捕り物の逆恨みを買いそうだってのは気の毒だけど、それが町方役人だってんだから、締まらねえやね。しかも、目の前でその咎人を取り逃がしたから、お礼参りが怖くってこんなことになってるってんだろ？　その尻拭《しりぬぐ》いがこっちに回ってくるなんざ、勘弁してほしいやねえ」

町方の旦那がこの場にいないのをいいことに、すっかり気を許して本音《ほんね》をぶちまけてきた。その助蔵が、ふと顔を上げる。

「で、お前さんはこれからしばらくの間、毎日こんなことさせられんのかい」

「いや、お指図があったのは今夜だけだけど、これからどうなるかは……」

小者の男が、ようやく声を出した。助蔵は、大きく頷く。

「そうかい。今日は何やら動きがあったらしいからねえ……。まあ、せいぜい気張ってくんな——じゃあ、おいらはこのへんで行かしてもらうぜ」

「ああ……」

助蔵という御用聞きは、小者の返事を聞くと何も気にする様子なくあっさりその場から去っていった。

小者は見張っていた家から目を離して、しばらくの間消えていった助蔵のほうを向いたままでいた。

五

翌日からの裄沢は、筧や立花とは別行動を取った。唐家に命ぜられたとおり、麻布や飯倉など元の権太郎の縄張りに近い土地に重点を置いて探索する。

しかしそこに、これまで裄沢を手助けしてきた三吉の姿はなかった。裄沢は、かつて自分が外役として勤めていた際にこの近辺で知り合った者らを単身訪ね、話を聞くことに終始したのである。

筧らは三吉の存在を知らなかったが、わざわざ内与力が当初の命を変更して裄沢を探索に加えたことについて、どういう眼目からかは理解していた。

にもかかわらず、廻り方である自分たちですら驚くほどの慧眼《けいがん》を持つはずの裄沢は、己が城南地域へ派遣された意図に応えようとせず、成果が期待できそうにないただ一人での聞き込みに終始している。

それでも、筧たちは裄沢のやることに口を出さず、朝夕の報告を黙って聞くだけだった。

それは、自分らも権太郎に迫るような手掛かりをいっさい摑めていなかったからか。あるいは、思いもしないやり口で、これまでいくつもの功績を挙げてきた裄沢に対する信頼からか。

ともかく、権太郎の行方の探索は行き詰まった。いっときはいくつもの場所で流れた目撃の噂も、ぱったりとやんだままになっていたのである。


前日から今日に掛けて、裄沢の聞き込みは全くの徒労に終わっていた。今日も一日足を棒にして、何も得ることなく家路に就いた。

そうしていつもと同じ質素な夕餉《ゆうげ》を終え、張っていた気もすっかり緩んでもう寝ようかというころ、家の戸を慌ただしく叩く音が聞こえてきた。

裄沢はサッと立ち上がって廊下に出る。

洗った食器の片付けをしていた重次が台所から出て、応対しようとする姿が見えた。

「よい。俺が出る」

背中から掛けられた裄沢の言葉に、重次は頭を一つ下げて引っ込む。裄沢はそのまま、いまだ叩かれている戸のほうへ向かった。

近づくと、夜に騒がしくするのを憚ってか、抑えた声で裄沢の名を連呼しているのが聞こえる。

「どなたかな」

裄沢は戸口の前に立つと、閉めたままの戸越しに誰何《すいか》した。

「御番所の筧様からのお使いでございます」

裄沢は急ぎ戸を開ける。

目の前に立っていたのは、自分よりは歳上かと思われる町人。身形や態度からは、どこかの御用聞きかと思われる男だった。

「俺が裄沢だ。で、何があった」

男は、裄沢にひょっこりと頭を下げてから用件を早口で述べ始めた。

「権太郎が見つかりましてございます」

「！　──どこでのことだ」

「へい。ただ今、筧様と立花様が向かってらっしゃるところでして、裄沢様にも急ぎお出まし願いたいと──あっしがご案内致しやすので、どうぞお支度をお願い申しやす」

「判った。しばし待て」

応じた裄沢は、その場に男を残したまま身を翻《ひるがえ》す。足早に寝室へ戻る途中、脇から出てきた茂助が後に従った。

「お着替えは」

「よい、急ぎだ。このまま羽織だけ纏《まと》っていく——幸い今の俺の立場は、隠密廻りの応援だしな」

部屋に入って脇差を腰に差すと、茂助が羽織を広げて差し出してくる。それを纏って紐《ひも》を結び終えるのを待ち、軽く腰を屈めた茂助は大刀を掲《かか》げてきた。受け取って手に持ったまま、また戸口へと足を戻す。

裄沢を呼びに来た男は、戸口からいくらか離れて外で待っていた。

大刀を腰に差しながら雪駄《せった》を履《は》いた裄沢へ、先に戸口で待っていた重次が、明かりを点《とも》した提灯を手渡した。

「行ってらっしゃいませ」

並んで見送る二人の下男を背に、裄沢は表へと出る。

「じゃあ、ご案内を」

裄沢が出てきたのを見ていた男が、ひと言そう断って歩き出した。

男は裄沢が並び掛けるのを待たずに、先へ、先へと進んでいく。裄沢は足を速めて追ったが、夜のこととてそうそう無茶な歩き方はできず、男との間は一間（二メートル弱）ほどの間が空いたままだった。

二人は八丁堀の家並みを南へと下り、中ノ橋通《なかのはしどお》りから中ノ橋を渡って南八丁堀《みなみはっちょうぼり》へと出た。

ふと、裄沢が立ち止まって背後を振り返る。

案内の男が裄沢の動きに気づいて足を止めた。

「裄沢様？」

「いや、何でもない」

裄沢が前に向き直り、再び足を踏み出した。

男は裄沢が見ていたほうを遠望しわずかに気にする様子をみせたが、案内を続けるため裄沢に先行することを優先した。南八丁堀に至った二人は、そこから東の方角、大川の河口や内海《うちうみ》（江戸湾）があるほうへと道を折れた。

「赤坂のほうへ向かうのではないのか」

裄沢は、自分らがこれまで探索してきたのとは全く逆の方向へ、足を進めようとする男の背に声を掛けた。首から上だけを振り向かせた男は、いくぶん足取りを緩めながらも立ち止まりはせずに応じてくる。

「あっしらにそう思い込ませて、野郎はこっちのほうに潜んでやした――どうにも鼻の利く野郎のようで、モタモタしてて勘づかれると厄介です。急ぎますぜ」

そう言って前へ向き直ると、また足取りを速める。

間が離れているから、ある程度声を張らないと男までは届かない。夜の夜中でもあり捕り物へ向かう途中でもあり、大声でやり取りするわけにもいかぬから、諦めた裄沢は口を閉ざして男の後を追った。

堀川沿いに東の突端まで出た男は、稲荷社《いなりしや》を背に内海沿いの道をまた南へと進む。本湊町《ほんみなとちよう》を過ぎて鉄砲洲橋《てつぽうずばし》を渡った先、船松町《ふなまつちよう》に入ってさほど歩まぬうちに足を止めた。裄沢に振り向いて口を開く。

「ここから下ってください」

防潮《ぼうちよう》のため築かれた堤《つつみ》を登る石段があり、それを越えれば逆に海辺へ降りる段がある。この下には、渡し舟《わたしぶね》で人を渡す渡し場があるのだった。

無論のこと、すっかり陽が落ちた後のこの刻限に渡し舟は運行されていない。ただしお上の御用となれば、そのための舟が用意されているのかもしれない。

「権太郎は、佃島《つくだじま》におるのか」

ここから渡される舟は、大川河口を出たところに出来た佃島と呼ばれる中洲《なかす》との間を行き来している。佃島は、漁師が多く住まう町家であった。

「いえ。人目につかねえように、堤の下で待ち合わせておりやすんで」

男の言葉を聞いた裄沢は、頷いて石段に足を乗せた。そのまま堤を越えて、渡し場へと降りる。

もう晦日《みそか》(月末日)も近く、月はずいぶんと細くなっている。

堤の上から見た渡し場は真っ暗ではっきりしたところまで見えなかったが、下に降りてみてもその状況は変わらなかった。

提灯を目の前に翳して周囲を見渡す。さほど視程《してい》が広がったわけではないが、どうやら自分以外は誰もいないように思えた。

「誰もおらぬようだが」

振り返って、案内してきた男に訊いた。堤を降りる段をゆっくりと降り始めた男が、足を止めて応じてくる。

「まだこちらに向かってる途中でございやしょう」

が、渡し場の先のほうから別な声が響いてきた。

「そなたを待っていた者なら、ここにおるぞ」

衔沢は目を細め、闇を見透かそうとする。

不意に声を掛けてきた男は、何かの物陰に隠していた提灯を取り上げて二、三歩前に足を進めてきた。屈んで提灯を手にしたときから、灯《あか》りに照らされた相貌《そうぼう》が衔沢にも確認できていた。

「安楽さん……」

「ほう、気づいたか」

「謹慎しているはずのあなたが、なぜこんなところへ」

事態を理解できていない様子の衔沢に、安楽は口の端を引き上げる。

「だから今、言うたであろう。そなたを待っていたとな」

「俺をここに呼んだのは、筧さんではなくあなただと？」

「おう。見事に誘《おび》き出《だ》されてくれたものよな」

「……なぜ、こんなことを」

「なぜ、だと？」

意外なことを訊かれたというように、安楽は片眉を吊り上げた。

「なぜ――ハッ、なぜ！」

天を仰いだ安楽は、キッと裄沢を睨みつける。

「ならおいらも尋ねようじゃねえか。なぜ、内役でしかねえお前《めえ》さんが、廻り方の領分になる御用聞きの振る舞いに口ぃ出す？　なぜお前さんが、廻り方のやり方へどうこう言い掛かりをつけてくるんだ？　ええ、いってえ、なんでだい」

「それは、俺が町方役人だからです。町方なれば、廻り方のお役に就いていなくとも、己らの法《のり》はわきまえるべき。それを違《たが》えて恥じぬ者あらば、たとえお役で使われている者であっても窘《たしな》めることになるのは当然かと」

「へーえ。ずいぶんとお堅い言い草だねえ。でもよ、そもそも役人てえなぁ、他《ひ》人《と》の領分に踏み込まねえのが不文律《ふぶんりつ》じゃあねえのかい。それを破っちまって、『町方だから』ってえなぁ筋が通らねえように思えるんだけどなぁ」

「確かに他人の領分に土足で踏み込まないというのは、互いにわきまえていなければならないことですが、それは各々《おのおの》が己の職分をきちんと心得ているのが大前提のはず。

それを踏まえておらぬ者がいたために不都合を生じるのであれば、あえて領分を侵してでも正すことこそ我らの務めでしょう。こうした行為は褒められこそすれ、罰せられるようなものではないと考えますが」

裄沢の正論を、安楽は「そこまで行くといい子ぶりっこも堂に入ったもんだな」とせせら嗤《わら》った。

裄沢は激することなく問い掛ける。

「安楽さん、もう一度問います——いったいなぜこんなことを」

「なぜかって？　どうしても、お前さんに言っておきてえことがあったからよ」

「こんなことをしなくとも、正面から訪ねてくればよかったではありませんか」

「それだと、言い足りねえとこが出ちまうからなぁ」

「言い足りないところ？」

「ああよ。ものを言わすなぁ、なにもこの口ばっかりたぁ限らねえんだぜ」

そう言った安楽は、右の掌《てのひら》で己が腰に差す刀の柄《つか》をポンと叩いて見せた。

「別に、大声出して救《たす》けぇ求めたっていいんだぜ——お前さんの腕は先刻ご承知だ。なぁに、老いたりたぁ言え、こっちゃあ廻り方で長年切った張ったをやり続けてきた男さ。お前さんが泣こうが喚《わめ》こうが、誰かが来る前にその素っ首すっ飛ばして逃《ふ》げるぐれえは、いかようにでもやってみせようさ。すぐそこにゃあ、そのための舟も泊《と》めてあるこったしな」

顎《あご》で船着き場のほうを指し示しながら宣言した。

安楽から逃げるためには道へ出なければどうしようもないが、その途中に聳《そび》え立つ防潮堤《ぼうちょうてい》が行く手を阻《はば》んでいた。あんなところを登ろうとしても、追いかけてきた安楽にわずかでも足を斬られたら、それだけでもうお仕舞いであろう。

裄沢は肩を落として顔を向ける。

「俺に逃げ道はないということですか――ならばせめて、なぜ俺がそのような目に遭《あ》わされるのかだけでも教えてもらえませんか」

「だから、散々おいらの邪魔をしてくれたからよ――権太郎がいい加減な探索であらぬ者を咎人として召し捕っただぁ？　だから何だってんでえ。そいつがお前さんに何の関わりがある。

それだけじゃねえ。なんで、定町廻りの佐久間を追い落とすようなことぉしてくれた？　あれがなきゃあ、権太郎なんぞを引き戻すこととなんかしなくて済んだのによう――このところ上手くいかなくなっちまったのは、みんなお前のせいだ。お前さえいなきゃあ、これからもおいらは臨時廻りとして温々《ぬくぬく》やっていけたんだ」

「……安楽さんは、佐久間さんと組んで不正をしていたということですか」

「いいや。おいらぁ、あんな危なっかしい野郎と組むような迂闊《うかつ》なマネなんざし

やしねぇよ。たぁだそれぞれ、相手のこたぁ気にしねぇで好き勝手やってたって
だけさね」
「それが、佐久間さんが致仕《ちし》して立花さんが後釜に座ったためにできなくなった
……」
「廻り方としちゃあ、右も左も判らねぇヒヨッコだぁ。上手く丸め込みゃあ、ど
うにでも誤魔化せると思ってたのによ、クソ真面目な男で下手な声の掛け方もで
きねぇ上に、藤井や筧なんぞが余計な気を回してきやがる。おまけに南町の定町
廻りまで目ぇ光らしてるとなりゃあ、手出しは控えざるを得なかったさ」
「それで、その鬱憤《うっぷん》を俺に？」
「この程度の失敗《しくじ》り、きちんと詫《わび》ぃ入れて自分から身を慎んでりゃあ、そのうち
に赦《ゆる》されて元のお役に戻れると思ってたのに、隠密廻りの石垣さんが臨時廻りの
手助けに入って、その穴はお前さんが埋めるなんて話になっちまいやがった。
　そんじゃあ、おいらの戻る席なんざねえだろ。そして、お役から離れたとなっ
たら、おいらが臨時廻りで何やってたかは遅かれ早かれバレることんなる――も
う、おいらぁ終わりなんだよ。お前さんが、余計なとこへ首突っ込むようなマネ
してくれたせいでな」

「……権太郎を赤坂や山王権現で見た者がいるという噂は、あなたが？」

「ほう、気づいたかい。いずれすぐに元のお役に復帰できると算段してたのが、思いも掛けぬ成り行きになっちまった。そのまんま黙って見てるワケにゃあいかなかったんで、少しでもときを稼いでるうちにどうにかできねえかと思ってよ。

しかし、結局はいい思案も浮かばずに、ただの悪足掻《わるあが》きで終わっちまったってことさ——ついでにお前さんの手先んなってこっちを邪魔した野郎ぐれえは炙《あぶ》り出《だ》して、仕返しさしてもらうつもりだったけど、そっちも肩透《かたす》かし喰らっちまったしな。

もうこうなっちまうと、おいらが無理矢理にでも動かせんのはお前さんをここまで連れてきた御用聞き一人と小者が一人ぐれえで、後《あた》ぁみんなこれまでの恩も忘れて知らんぷりされるようなザマになっちまったしよ——なら、こっちの身の破滅はもう決まってんだから、その因《もと》を作った野郎ぐれえは巻き添えにしてやらねえと、どうにも気が収まらねえってとこだ」

自分に狙いが定められた理由は、とりあえず聞いた。裄沢は、他の疑問に論点を移す。

「権太郎は、逃がしたのですか」

「うん、ある意味そうだとも言えるかねえ」

「？」

「しばらく派手なことはするなっつって御用聞きに戻してやったのに、燻《くすぶ》ってた間に取りっぱぐれた分の損を取り戻そうと焦りやがって、余計なことをしてくれた。その上永坂町の隠居所でお前さんに罪ぃ暴かれたのをどうにか逃がしてやったっつうに、何考《かんげ》えたんだか、その晩おいらんとこへ忍んできてよ、『救けてくれろ』なんぞと抜かしやがる。

そこでふん縛ったり、追い出して誰かの手で捕まえられたりすりゃあ、取り逆《との》上《ぼ》せて何を口走るか知れたもんじゃねえからな。『おう、きっと頼ってきてくれると思って、舟ぁ用意して待ってた』と騙《だま》して霊岸橋川《れいがんばしがわ》のほうへ連れ出したと思いねえ。『ほれ、そこに旅支度を載せた舟ぇ舫《もや》ってあるぜ』って適当なとこで言ってやって、水面《みなも》ぉ覗き込んだとこを後ろからブッスリよ」

霊岸橋川は、八丁堀と霊岸島《れいがんじま》の間を流れる堀川である。

「まあ、絶対《ぜってえ》捕まらねえように、あの世まで逃がしてやったってこった――お前さんもきっと、もうすぐ内海の底で会えると思うぜ」

言いながら安楽は暗い嗤いを浮かべた。

六

「どうしてそこまでのことを……安楽さん。俺が邪魔したかどうかはともかく、あなたが『もうお仕舞いだ』などとすっかり諦めてしまうことになったのは、これまでの臨時廻りの仕事の中でそう考えざるを得ないようなことを重ねてきたからですよね。

それが何かは知りませんが、なぜそんなことを？　あなたは廻り方として長年、御番所を支えるような活躍をなさってきたはずなのに」

裄沢の問いを聞いて、安楽は「御番所を支えるような活躍」と口の中で繰り返し、クツクツと笑った。真っ向から裄沢を見据《みす》えて答える。

「ああよ。確かにそれだけのことぉしてきたさ。おいらぁ、命ぜられたことを精一杯果たすために、懸命に働いた。

けど、その結果はどうだい？　誰が、どんなふうに酬《むく》いてくれた？　おいらがやったことで、いってえ誰が褒めてくれたってんだい」

「安楽さん……」

「おいらは、手前《てめえ》で言うのもなんだが、そりゃあ腕っこきの定町廻りとして、『鬼の安楽』、『地獄の安楽』なんぞと名を轟《とどろ》かせて、悪党ども皆に怖れられてたよ。そしてその名に恥じぬように、お上のご定法に背く奴らはビシビシ取っ捕まえた。おいらが巡回する町じゃあ、ちょいと目端《めはし》の利《き》いたワルは、みんな息を潜めてコソコソ逃げ隠れしてたってえぐれえのモンさ」

自分語りを始めた安楽は、遠くを見る目になっている。

「その厳しいやり方が気に入られたんだろうな。ありゃあご改革が始まって二年ぐれえ経った後だったか、突然隠密廻りへのお役替えを命ぜられてよ。まぁ、急だったたぁいえ、そうなるんじゃねえかとの予感ぐれえはあったがよ。

こんなこたぁお前さんにゃあ言うまでもねえこったろうが、おいらを隠密廻りにしようってえ当時のお奉行の眼目は、『秘密裏に市中の探索をさせよう』なんてことにゃあなかった。おいらが探り出さなきゃならなかったなぁ、つい昨日までやってた定町廻りや臨時廻りなんぞの、ご同輩の面々の振る舞いよ」

寛政の改革を推進した当時の老中首座・松平定信は、庶民層にまで質素倹約《しっそけんやく》、贅沢禁止を強く命じ、町方役人などを使って厳しく指導摘発させようとした。ところが、それまでのお上の方針から大きく舵《かじ》を切る政策を、即座にかつ強行に推し進めようとしたため、市中では大いに混乱と反発が生じた。

為政者《いせいしゃ》側で町家とは最も近い立場にある町方の中には、そうした実情を勘案せぬやり口に疑問を覚える者が少なからずいたのである。こうした者らは、口頭での指導や注意ならばともかく、摘発という実力行使の際には手心を加えることが少なからずあった。

結果は、庶民へ向けて発したお触れが遵守《じゅんしゅ》されず、改革が遅々として進まないという形で現れる。これを役人の怠慢と見た定信ら幕府上層部は、「反改革」と見なされる行動を取る役人自体の摘発を行わせたのだ。

安楽が隠密廻りに抜擢されたのは、この目的を遂行《すいこう》させるのに適任だと考えられたからだった。

「せっかく見込まれて任された仕事だぁな。おいらは、そりゃあ懸命にやったさ――つい先日まで一緒に仕事してた仲間だろうって？　そんなことぉ忖度《そんたく》しねえでビシバシやるのぉ期待されたからの隠密廻りだ、手加減なんぞできるワケねえやな。

廻り方の仕事ぶりを監視してるおいらの背中にだって、他の誰かの目が張り付いてたはずだからな。ちょっとでも気ぃ抜きゃあお叱りを受け、下手すりゃお役御免になんなぁ、こっちだったんだからよ」

定信ら幕府上層部は改革の実効を上げるため、庶民層へ働き掛ける立場の町方を監視させるだけで済ませず、この監視者が手を緩めることなく仕事に励《はげ》んでいるかどうかも監視・摘発させたのである――「隠密の隠密」、そう呼ばれる者らが自分を見張っているとなれば、自身が監視者の役割を担っているからといって安心しているわけにはいかなかった。

これで、定信が求めた改革の効果はある程度上がったかもしれない。しかし現場では、互いに対する不信と疑心暗鬼《ぎしんあんき》が高じてそれまでよりも仕事上の連携が円滑でなくなり、肝心な通常業務のほうの効率が落ちるという影響が、後々まで続くことになったのだった。

「で、上からぁ十分ご満足いただけるような仕事ぉし続けたおいらがどうなったと思う？　まぁお前さんにゃあ言うまでもねえだろうが、周りのみんなに避けられ、間を置かれるようになったのさ。

そいつぁいいや。おいらだって、そうなるだろうってことぐれえは判ってたし、覚悟もしてた。けど、そんな仕事を下の者《もん》に命じた音頭取りはどうしたんだい。仕事ぉ放《お》っぽり出して辞めちまって、後《あと》ぁどうなろうが知らねえときたモンだ」

果断な改革には周囲の抵抗も大きく、仲間であった同志にも離反者が出るなどして暗雲が立ち籠め始めた先行きを伐《き》り拓《ひら》くべく、定信は自分が「公方様《くぼう》（十一代将軍家斉《いえなり》）の支持を得て施策を行っている」ということを顕示《けんじ》するため、何度も辞意を表明し家斉に慰留《いりゅう》させるという示威行動《パフォーマンス》を繰り返した。

そしてついに、こちらも関係が上手くいかなくなっていた家斉に辞表を受理され、幕閣から去るという結末を迎えたのである。

その後も幕府は、「寛政の遺老《いろう》」と呼ばれた定信の同志の老中を中心として改革路線を継続させるが、そうした方針は次第に形骸化《けいがいか》していく。他のなによりも、「皆の手本」として質素倹約を無理矢理率先《そっせん》させられてきた家斉が、定信辞任により箍《たが》がはずれ、勝手気儘《かってきまま》に振る舞いだしたことが大きかった。

組織の頂点が、その組織の標榜《ひょうぼう》する指針に逆らう行動を取っているのである。本音としてはやりたくない指針に無理に従わせられている者らが、そのまま素直に言うことを聞き続けるはずもなかった。

そうした影響は、次第に下へ下へと広がっていく。これまでの「行き過ぎた」仕事のやり方も見直され、指導される側の庶民も含めて皆が無理をせずにやっていけるような方向へと徐々に修正されていくことになったのだった。

そんな中で、「二階に上がって」いた安楽は「梯子《はしご》をはずされ」てしまったのだ。自分は上の者から裏切りに遭ったのだという意識になったのも当然と言える側面があろう。

「おいらを隠密廻りにしたお奉行が急におっ死《ち》んじまって、今のお奉行になったなぁ、ありゃあ音頭取りのご老中が辞める前の年だったか。ともかくそいから、段々と市中での質素倹約の取り締まりが緩くなってって、おいらの仕事からも取り締まる連中の監視はなくなってった。

世の中の流れが変わったってなぁ、おいらだって感じてたさ。けど、そんときにゃあもう遅かった。おいらは何の抵抗もできねえまま、隠密廻りからまた定町廻りに戻されたのさ。

おいらぁ、上から言われることぉ、上から言われたとおりにそのまんまやってただけだ。誰からも後ろ指さされるようなこたぁしちゃあいなかった。だから、お役を替えられるにしたって、廻り方からはずされるような更迭《こうてつ》（左遷《させん》）をされるわきゃあなかった――実際、おいらを定町廻りに戻すって告げた内与力の古藤さんも、そんな言い方ぁしなかったしな」

そこまで口にした安楽は、急に怒気を発する。

「できるワケゃあねえよな！　おいらぁ、お指図にねえこたぁ、何にもしてなかったんだからよ――けど、実際はどうだい？　隠密廻りになる前は、今の西田がやってる場所を受け持ってたのに、戻された先ゃあ赤坂のほうだとよ。これが懲罰でなくって、いってえ何が懲罰になるってんだ。おいらが、いってえどんな悪いことをした!?」

西田の受け持ちは日本橋川より北、日本橋北や神田などの古町が入っているだけでなく、浅草、上野、吉原といった賑わいのある土地も数多く含まれている。それだけ役得も多く、活躍の機会もふんだんにある場所だ。

一方の赤坂方面は赤坂以外にさほど大きな町はなく、日本橋川以北の持ち場と比べれば重要度も付け届け（実入り）も遥かに劣っていることは事実であった。

裄沢に答えを求めぬ疑問をぶつけた安楽は、気を鎮《しず》めんと細く息を吐きだしてから続ける。

「そういや古藤さんは、ナンか言い訳してたなぁ。『そなたが受け持っていたところには西田を配して間もないゆえ、すぐにそなたをそこへ戻すことはできぬ。しばらくは、こちらのほうで我慢してくれ』とかなんとか……。

けど、その後《あた》ぁ音沙汰《おとさた》ナシさ。何年か経っておいらに言われたなぁ、持ち場を戻す話じゃあなくって、臨時廻りへのお役替えだ。しかも、主に面倒見るなぁ、おいらの後釜でそのまんま赤坂辺りを受け持つことんなる佐久間だってこった。古藤の野郎がおいらにした口約束は、ただの空証文《からしょうもん》だったってことさ。

で、その古藤はどう言ってきたかって？　何も言いやしねえよ。臨時廻りになるときにおいらにお役替えを告げてきたなぁ、別な内与力の深元だったからよ。古藤の野郎のほうは、何もなかったみてえに、こっちと面《つら》ぁ合わせるようなことがあっても知らんぷりさ。そんで苦情を言わなかったのかって？　言ってどうなる。惚《とぼ》けられるだけだ。下手すりゃあ、言い掛かりをつけたなんぞと叱られて、廻り方からはずされるいい口実になるだけだったろうさ」

下を向いた安楽は、苦笑を浮かべながら首を振った。

「まあ、いいように使われたってこったなぁ。そいつに気がつかなかったおいらが間抜けだったっていうだけの話なんだろうが、そんなんで得心して諦められると思うかい？　真面目に仕事すんのが馬鹿らしくなるのも、当たり前だたぁ思わねえか？」

視線を上げた安楽は、上目遣いに問い掛けてくる。

「それで、悪事に手を染めたと……」

「悪事ねぇ――いってえ、何がいいこって、何が悪事になるんだい？　おいらぁ、それがいいこったってひたすら信じて、お上の言うとおりに動いたのに、終わってみりゃあ周りから白い目でしか見られねえようになった。

　おいらが目零《めこぼ》しせずに検挙《あ》げた当の相手やその友人《ダチ》からってんなら、まだ判らねえじゃねえし、仕方のねえことでもあるんだろうさ。けど、おいらに指図した者の後釜に座ったはずの連中からまで酷《ひで》え目に遭わされるってなぁ、いってえどういうこったい。

　上からのお指図たぁいえ、おいらがはっきり悪事とされるべきことに荷担《かたん》したってえなら、まだしもだ。けど、おいらへ好き勝手な指図出した後に辞めてった連中は、ただの一人も咎められたりゃあしてねえんだぜ。なんでおいらだけ、針《はり》の筵《むしろ》に座らされるようなことにならなきゃいけねえ。

　ああ、そうかい。それならそれで構わねえさ。けど、ならおいらだって好きにさしてもらったっていいだろ。連中の言うとおりにしてこんな目に遭ったんだ。だったら今度ぁ、連中のことなんぞ向こうへ措《お》いといて、おいら自身の思うとおりにして何が悪かろうってんだ？」

「その結果が、今のあなたの置かれた状況でしょう」

「二進《にっち》も三進《さっち》もいかなくなったなぁ、手前のせいだってか――まあ、そのとおりだよ。

けど、そんなどうしようもねえおいらに、お前さんがここで討ち果たされることになんのも、お前さん自身のせいだよなぁ」

「……………」

「おいらぁ、どうにもお前さんが気に食わなかった。おいらが隠密廻りに登用される前、まだ若《わけ》ぇくせに上に逆らってたびたび他のお役へ飛ばされてる鼻っ柱《はなぱしら》の強《つえ》え同心の話ゃあ、噂で聞いたことがあった。『これから先ゃあ長えのに、上役から目《め》の敵《かたき》にされるようなことぉ次々しでかし続けるなんて、どんな阿呆だ』って、話ぃ耳にするたびに鼻で嗤ってたよ。まさかそんな野郎が、後々廻り方であるおいらの目の前に現れるなんて思いもしなかったからな。

けどその向こうっ気の強え野郎は、なんでか表向きは隠密廻りの手伝いなんぞという言い方で廻り方のマネさせられるようんなった。そのすぐ後にゃあ、ほんのいっときたぁいえ、定町廻りのお役にまで就いちまう。

考え方ぁ改めて、素直に上の言うことを聞くように人が変わったのかと思ったさ。でも、その考えは違ってた。昔聞いてた噂のとおり、誰を相手にしようが手前の思うところを少しも曲げようとはしねえで、真っ向から歯向かいやがるって話じゃねえか。

なんだそりゃあ。そんなんでどうして、上から目ぇ掛けられるようなことんなって、同心なら誰もが目指す廻り方のお役に就いたりできるんだ？

怪我した来合の代わりとしてお前さんが同心詰所の朝の集まりに顔を出したときが、おいらがお前さんの面をまじまじと見た初めての機会だった。ひと目見ただけで相手を萎縮させるような圧迫のある来合たぁ違って、何の変哲《へんてつ》もねえ、噂どおりに生《なま》っちょろい末生《うらな》りにしか見えなかったね。『こんなのが』って、あんときおいらは自分の目を疑ったもんさ。

だけどもお前は見掛けたぁ全く違ってた。来合が戻ってくるまでのほんの二、三カ月しか定町廻りの仕事はしてなかったのに、その間に二つも三つも大きな事件《ヤマ》にケリぃつけたのにゃあ驚かされた。どんだけ運がよかったとしても、あんなこたぁ廻り方を長年勤めてる者にだってそうそうできるこっちゃねえ。

そいでも、来合が戻ってくるとなると、お前さんはあっさりと廻り方を去ってった。何を考えてるんだか判らなくって気味の悪い者を見てる気分だったけど、目の前からいなくなってくれたのにゃあ、正直ホッとする思いがしたよ。

なのに、何だ。廻り方でも何でもねえお前が、当たり前のような顔ぉして俺たちの中へ嘴《くちばし》突っ込んできやがる。しかも、昔っから親しいってえ来合あたりならともかく、一番古株の室町さんや経験豊富な柊さんまで、他人の領分に土足で踏み込むお前を歓迎してる。いってえどうなってんだと胡乱な目で見てたとこで、廻り方の面々が手のつけどころも判らずに困ってたような難事をいくつも、あっさりと片付けやがった。

おいらぁ、震えたね。こんな野郎が身近にいたんじゃ、いつ取って代わられてもおかしかねえってな。佐久間の野郎が余計なちょっかい掛けて返り討ちに遭ったなんて噂ぁ耳にして、『手前の力量も測れねえで馬鹿なことをしたもんだ』たぁ思ったが、その一方で手ぇ出さずにゃあいられなかったって心持ちも、判る気がした。

で、案の定、この始末さ。こうなる前に、どっかでお前さんを何とかしとかなきゃならなかったんだろうけど、結局ぁ今の今まで手ぇ出せずにきたんだ。もし無理に何か仕掛けてたって、佐久間の二の舞になっただけだったろうけどよ。

けど、こうなっちまやぁ、もう己の身がどうなるかは決まっちまったようなもんだ。だったら捨て身になりゃあ、何でもできるじゃねえか――で、こうやって無理心中の場にご招待差し上げたってワケさ。

ああ、お前さんを殺《や》っちまった後も、おいらぁ潔《いさぎよ》く自害するなんてこたぁ考えちゃいねえぜ。逃げられるとこまでは、どこまでも意地汚く生き延びてやらぁ。そうして、もし逃げ切れたなら、そんときゃあおいらがお前さんに勝ったってこった。どれほど落ちぶれてようが、どんな有り様になってても、それがはっきりしたときゃあ盛大に祝杯あげてやるからよ」

先の希望を思ってか、わずかに上ずった声になった安楽が、また裄沢に目を据える。

「裄沢広二郎――お前はいってえ何だ。

御番所から命ぜられたとおり一生懸命勤めてきたおいらがこんなザマになってるってえのに、上に逆らい、好き勝手してきたお前が、なんでお奉行や内与力の面々に目ぇ掛けられて廻り方のお役に就いてるんだ？　おいらが廻り方のみんなから避けられてまともに話もできねえようになってんのに、なんで、そんな連中にお前は認められてんだ？

こんな理不尽《りふじん》、あっていいはずはねえだろ。どう考えたっておかしい――ええ、そうだろうがよ！」

　安楽は、何としても己の我儘《わがまま》を通したい幼児《おさなご》が地団駄《じだんだ》を踏むように、足を踏み鳴らしながら喚《わめ》き散《ち》らした。その姿からは、長年廻り方を勤めてきたという矜持《きようじ》も自制も見て取ることはできなかった。

　言葉もなく見つめるだけの裄沢を、安楽はギンと睨みつける。

「だからよ、こいつぁその理不尽の解消だ。残念ながら元に戻すまでのこたぁできねえが、そんでも今の、このどうしようもねえ捻《ねじ》くれ方《かた》はなくしとかなきゃなあ──そういうこったから、裄沢。大人しく死んでくれよ」

　先ほどまでの激情はどこへいったのか、奇妙な静けさを湛《たた》えた目で裄沢を見据えた安楽は、腰の刀に手を掛けた。

　茫然《ぼうぜん》と佇む裄沢が、ポツリと言う。

「……それで、筧さんは？」

「はぁ？」

　──こいつは、何を言ってんだ？

　どこまでも理詰めの理屈屋で、皆を言葉で煙《けむ》に巻いてきた裄沢って野郎は、ひと皮剝《む》けば目の前の現実から逃避してしまう、こんな程度の男だったのか。

――俺は、こんな男を妬《ねた》んだ末に、ここまで追い詰められたってえのか。

籠もっていた力が、肩からスッと抜けたような気がした。だがここまで来てしまえば、最早《もはや》やらないという選択はない。

――最期だ。こいつがどんな情けねえ男でも、こっちの意地は通して終わる！

そう決意を新たにして、刀の柄に掛けた手に力を入れた。

と、不意に斜め上から声が降ってきた。

「筧さんはいねえが、代わりにおいらがここにいるぜ」

「！」

慌てて声のしたほうへ視線を上げる。声の発せられた方角――防潮堤の上には、周囲を圧するような大男が立って安楽を見下ろしていた。

「来合、轟次郎……」

相手が誰かを理解して、我知らず口から言葉が漏れ出していた。

七

裄沢は、権太郎による強引な捕縛の経緯を追っているときから、何かが掛け違っているような違和感を覚えていた。

話に聞く限りは廻り方として十分な能力を持っていたはずの安楽が、どうして評価を一変させるほどに力を発揮しなくなったのか。なぜ権太郎のような男を使い、周囲からの苦言で一度は放り出しておきながら、また拾い上げるようなことをしたのか。そしてそんなことをしていながら、なぜ権太郎が以前と同じ振る舞いに及んでいるのを看過し放置しておいたのか。

実際に同心詰所に乗り込んで安楽と対峙《たいじ》したとき、裄沢は安楽が示したあまりの無気力さに当惑させられた。

──もはや、このように変わりきってしまったということか。

そう判断できたものの、だからといって捕り違えが起ころうとしているのを見過ごしにはできない。ゆえに、動こうとしない安楽を無理矢理引きずって権太郎を詰問する場に伴った。

裄沢が権太郎を問い詰めている間も、安楽はほとんど口を出さなかった。しかし、己の蛮行が次第に明らかになって権太郎が言葉に窮するようになると、安楽はこれを庇《かば》うようなことを口にし始めた。

権太郎が過ちを犯したと明らかになれば、少なからず使っている立場の安楽の責任にもなる。それゆえの自己保身からの言葉かとも思えた。

が、権太郎の行為が単なる捕り違えではなく、己の盗みの罪を他人に被《かぶ》せる行為だと裄沢が喝破《かっぱ》したとき、その印象にズレが生じた。逃げ出そうとする権太郎に押された安楽が捕らえようとした鵜飼に凭《もた》れ掛《か》かる格好になったのだが、それがまるで権太郎を逃がすために鵜飼の邪魔をしたようにも見えたのだ。

安楽が自ら謹慎を申し出、その穴を埋める一連の人事で裄沢も廻り方の手伝いをすることになると、逃亡して行方の判らぬ権太郎の目撃談が出回るようになった。裄沢も、急遽《きゅうきょ》その探索に組み込まれることとなる。

裄沢が権太郎探索に編入されたのは、権太郎が無辜の者に濡れ衣を着せたのを独力で炙り出せた——少なくともその地域での探索能力があると見込まれた——からだった。つまりは、三吉に事情を探らせることができたからだ。裄沢は己に掛けられた期待に応えるため三吉とつなぎを取ろうとして、ふと自身が覚えた違和感を思い出した。

自分が動員された初日からまさか、という思いはあったものの、急に出た噂の不自然さからは作為の存在も疑われたため、万が一を案じて慎重を期すことにしたのだった。

そこで三吉と会うときにいつも使っている芝・二葉町の一杯飲み屋へ足を向ける際、一緒に御番所を後にした来合へそっと頼みごとをしたのだ。

「呉服橋を渡ったとこで組屋敷に帰るお前さんとは行き先が別になるが、少し離れたところから隠れてこっちを見て、俺の後を尾ける者がいないかどうか確かめちゃくれないか」

　そのためにいつもの道筋から少しはずれて、山下御門の前に架かる橋の袂《たもと》で立ち止まった。裄沢の後を尾ける者がいなければ来合がやってきてそれを告げる話になっていたのだが、しばらく待っていてもその来合は姿を現さなかった。

　来合が付き合えるときだけ何日かやってもらうつもりだったが、初《しょ》っ端《ぱな》で図に当たってしまったのだ。

　わずかばかりの懸念が的中して、自分を尾ける者がいたということになる。ために、裄沢は三吉とつなぎをとるのをやめて己の組屋敷へと足を向ける先を転じたのだった。

　翌日の裄沢は、「まずは探索のやり方を見させてもらう」として筧や立花の後をついて回った。その日の夕刻の同心詰所、廻り方の話し合いが次の話題に移ろうとしたとき、「よろしいですか」と裄沢は声を上げた。

「昨日、話し合いを終えて御番所を出た後、俺は尾けられたようです」

突然の裄沢の発言に、その場《このば》の皆が絶句する。続きは、来合の口から発せられた。

「御番所から広二郎が尾けられてるのは、おいらが確認しました」

「いってえ、誰が……」

呟いた筧をチラリと見て、来合が答える。

「尾けた男はこの御番所から出てきて、待ち合わせの相手が来ねえんで広二郎が諦めて自宅に戻るとこまで確かめてから、御番所へ帰ってきました」

「ここへ《ここ》――御番所の者だってのかい。そいつぁいってえ誰だ！」

「名前までは知りませんが、前にもここ《ここ》で何度か顔を見た憶えがあるんで、小者の一人であることは間違いないでしょう――問い詰めるのも、何て名前の男か洗い出すのも控えてるのは、広二郎からそう頼まれたからです」

皆の視線が、裄沢に向く。裄沢は、落ち着いた声で話し出した。

「俺は、小者に尾けられるような恨みを買った憶えはありません。というか、今このときに俺を尾ける者が現れたということは、おそらくその狙いは、俺が権太郎の悪事を暴くのに使っていた者を、探り出すことにあると考えます」

「そいつが、裄沢さんを尾けた小者を差し回した……」

――御番所の小者を、言い訳がつかない類《たぐい》の尾行にも使える人物。今このときに、そうした行為をやらせてもおかしくはない者……。

皆の頭に、一人の男の名が浮かんだ。

裄沢は入来のほうを見て、言葉を続ける。

「そこで、入来さんにお願いがあるのですが――」


その夜、裄沢が帰着した組屋敷を秘かに見張る小者らしき男に、周辺一帯を縄張りとする御用聞きの助蔵が声を掛けた。助蔵は見張っていた小者を仲間扱いし、「警戒のため」張り番をする苦労に同情してみせたが、これは入来からの指図を受けてのことだった。下手な言動でその小者を使っている者に警戒させることなく、裄沢を見張る動きに制約を掛けるためである。

差し回した者からの指図があったのか、以後その小者が裄沢やその住まいの近くに姿を現すことはなくなった。

三吉への使いは、裄沢が出仕した留守中に、下男の重次を二葉町の一杯飲み屋へ行かせて文を届けることで達した。文には、簡単に経緯を記《しる》した後「権太郎を捕らえる際に使った舎弟《しやてい》を含め、しばらく麻布にも俺のところへもできるだけ近づくな」と書いた。

それはともかく、安楽が裄沢を何らかの理由で狙っていることはほぼ確実だと思えた。表向きは謹慎している以上、当人に派手な身動きは取れない。だからこそ人を使っての尾行や監視であったろうが、自身が身を慎まざるを得ないような状況下でのこの行動は、「安楽が何らかの事情で切迫している」と感じさせるに十分だった。

——ならば、こちらが動かずとも向こうから仕掛けてくるのでは。

そこで裄沢は、何年も前に知り合った者に対して聞き込みを行うなど、実効が伴わないことを理解しつつ無駄な探索を続けながら、じっと安楽が動き出すのを待っていたのだった。

そうした中、夜分に権太郎についての急を報せる使いがやってきただ。裄沢は、権太郎目撃の噂は意図してバラ撒かれた虚言であろうと推量しながらも、この誘いに乗った。

裄沢と「使い」と称する御用聞きらしき男が組屋敷を出た後、重次と、秘かに裄沢邸に潜り込んでいた助蔵の子分の二人が裄沢らの後を尾けた。ついで組屋敷を出た下働きの茂助が、状況を来合へ知らせに走ったのである。

中ノ橋を渡ったところで裄沢が立ち止まって背後を振り返ったのは、自分たちの後を尾けてくる重次らへの合図であった。助蔵の子分は重次をその場に残し、以後は己一人裄沢らを追ったのだ。

裄沢が佃島への渡し場に着くと、裄沢を案内してきた御用聞きはその場から立ち去った。助蔵の子分はその御用聞きをやり過ごし、防潮堤の上からそっと下を覗き込んで裄沢と安楽がしばらくは話を続けるようだと見極めてから、道を返した。

中ノ橋の袂には、裄沢らが去った後に点した提灯を手にした重次と、その明かりを頼りに重次の下に辿り着いた来合が待っていたのである。重次はその場で帰し、助蔵の子分に裄沢の居場所を告げられた来合が、急ぎ船着き場に達したのだった。

「……それで、筧さんは？」

きっかけとなる言葉を来合と打ち合わせていたわけではない。しかし長年の付き合いがある二人の間では、これだけで十分だった。

「覚さんはいねえが、代わりにおいらがここにいるぜ」

※

「！」

ごく当たり前の声量で発せられた言葉であったが、安楽にはそのひと言が雷霆《らいてい》のような衝撃を与えた。

「来合、轟次郎……」

相手が誰かを理解して、思わず口から言葉が漏れ出した。

ハッとして裄沢を見る。

稽古場でもまともに木刀を振れない裄沢ずれに後れを取ることなどあり得はしなかったが、それでも自分が他のことに気を取られた隙に何か仕掛けられることだけは警戒していた。どうせ裄沢に逃げ道はないから、五間（十メートル弱）以上も間を空けたままにしていたのである。

裄沢の様子をまじまじと見やれば——ろくな腕もないはずの裄沢は、怖れることもなくこちらを真っ直ぐ見返しているように感じられた。

自分が突然の来合の登場に衝撃を受けている間に、その間隔はさらに数歩分開いてしまっていた。安楽を怖れたというより、鉄壁とも言うべき来合の護《まも》りの範囲にしっかり入ったということだろう。

——駄目か。一対一であれば最後には斬り倒せるであろうが、あの様子だと茫然としたまま据え物斬りになるようなことはあり得まい。必ずや、一合、二合は渡り合うことになる。ならば当然、裄沢にこちらの刃《やいば》が届く前に、来合が割って入ることになるはずだ。

さすがの安楽も、来合と斬り合って勝てるとは思っていなかった——いや、斬り合いにすらならずに、己が無様に取り押さえられてしまう姿がまざまざと脳裏《のうり》に浮かんだ。

安楽の肩が落ちる。と、その肩が、小さく震えだした。

クツクツという声も聞こえてきた。

顔を上げた安楽を見ると、なぜか笑っているようだった。

「はぁ、みんなお見通しだったたってかい。おいらぁただ、独《ひと》り相撲《ずもう》を取ってたって？——みっともねえな」

安楽は、己を唾棄《だき》する歪《ゆが》んだ顔を持ち上げた。

裄沢の隣には、いつの間にか並んだ来合がいる。

「悪党どもから怖れられるだけの腕っこきであるおいらが、なんで口先だけのヘッポコ同心より貶《おとし》められてなきゃならねえんだと憤慨《ふんがい》してたのに、実ぁそのヘッポコの足下にも及んじゃいなかったなんてなぁ……笑い話にもなりゃしねえ」

「安楽さん……」

裄沢の呼び掛けに、安楽はさっと腰の刀を引き抜いた。

裄沢が緊張に身を固くし、来合はその安楽の様子を見ながら余裕をもって身構える。

しかし、次の安楽の行動には二人ともに意表を衝《つ》かれた。

安楽は、急に振り返ると渡し場の突端へ向かって駆け出したのである。

――繋いである舟で逃げる！

裄沢は来合にそう警告を発しようとしたが、案に相違して安楽は立ち止まると、裄沢らのほうへ悠然《ゆうぜん》と身を返した。

「さすがにここまで虚仮《こけ》にされたんじゃあ、返す言葉もねえわな――じゃあな、あばよ」

「安楽さんっ！」

安楽が腰から引き抜いていたのは、大刀ではなく脇差のほうだった。裄沢の制止の呼び掛けも虚しく、安楽は脇差を己の首筋に当てて思い切り引く。

暗い夜空に、黒く見える飛沫《しぶき》が盛大に弾《はじ》け飛んだ。

安楽は、そのまま後ろへ仰《あお》のけに倒れ込んだ。海面への派手な衝突音の後に、跳ね上がった海水が着水する音も続く。

ほんのわずかの間立ち尽くした裄沢と来合は、安楽が落ちた水辺へと駆け寄った。

そこには、黒々と揺蕩《たゆた》う水面があるだけだった。

八

安楽が海に消えた後は、当然のことながら大きな騒ぎとなった。

まずは、中ノ橋で来合と別れた助蔵の子分が、親分や仲間の下っ引きとともに渡し場に到着した。来合から簡単な説明を受けた助蔵が子分から二人を選んで、御番所と、この地も受け持つ定町廻りの入来のところへ知らせを走らせる。

佃島への渡し場は、多くの町方やその手先たちで溢《あふ》れんばかりとなったが、御番所の舟を出しても安楽の姿を見つけることはできなかった。なおこの場では、御裄沢も来合も「安楽が海に落ちた」と述べただけで、詳しい説明はしていない。

翌日、朝早いうちから御番所へ出仕した来合と裄沢は、呼び出された内座の間において、奉行の小田切へことのいっさいを報告した。

「安楽が、の……」

裄沢が語り終わるまでじっと耳を傾けていた小田切は、そうひと言だけ呟いて口を閉ざした。

「この一件、どうなされますか」

同席した深元の問いに、これも同じ座敷で話を聞いていた唐家が意見を述べる。

「安楽が何かしでかしていたとすれば、これから明らかになっていきましょう。我らの役儀からだけではなく、その意味でも庇うのは無理かと。

安楽は己の罪を恥じ、自ら命を絶った。それに気づいた裄沢と来合の二人が止めに向かったものの、間に合わなかった――ということで、いかがでございましょうか」

裄沢たちに目を向けながら言葉を切った唐家へ、わずかに黙考した小田切が応える。

「それしか、あるまいな」

「では、そのように」

小田切に頭を下げた唐家は、裄沢らへ顔を向けて「そなたらも、よいな」と念を押した。

「ところで、安楽自身の処分はどうなされます」

「それは、これより明らかになる安楽の罪がどの程度かによろう――情けを掛けてやる余地があれば、そのまま息子に継がせてやるがよい。が、それでは済まぬとなれば、親戚筋から形ばかり養子を入れて家名だけ残すか、あるいは家そのものをなくすかも、考えておかねばなるまい」

ただ一人でやったことでも、跡継ぎや家の者にまで影響を及ぼす――厳しい対処であるが、この時代では避けられぬことだった。

唐家の視線が裄沢らに向く。

「こたびはご苦労だったの。そなたら、昨夜はろくに寝ておらぬのではないか」

「は。何をしていたわけでもありませんが、その場からは容易に立ち去り難《がた》く……」

「同輩が目の前で自裁《じさい》したのじゃ、さもあろう――本日は帰って休め。仕事のことは他の廻り方に伝えておくゆえ」

労《いたわ》りの言葉へ互いに視線を交わした二人は、揃ってお奉行に頭を下げる。

「ありがとうございます。ですが、これより廻り方の朝の話し合いがありますので、そちらへ立ち寄ってから帰ることにしようかと思います」

「そうか。ならばそうせよ――下がってよいぞ」

奉行の小田切の許しを得て、裄沢と来合は内座の間から退出した。

裄沢らを退席させた後、奉行の小田切と内与力の二人は何とはなしに顔を見合わせた。

「しかし、安楽が、の」

小田切が、裄沢の報告が終わったときと同じように嘆息を漏らす。

「ご政道にもの申せるような立場でないのはわきまえておりますが、それでもずいぶんと禍根《かこん》を残しましたな」

「唐家様……」

「判っております。ここだけの話ですから」

唐家と深元は町奉行所内与力としては同役だが、唐家のほうがずっと年長で、小田切家家臣としては唐家は深元の上役にあたる。しかしながら内与力のお役では深元のほうが先達になるということで、唐家は丁寧な口を利くことが多かった。

無論のこと、深元は普段から唐家を立てるもの言いをしている。

「今さら何を言っても詮《せん》ないことだが、隠密廻りより定町廻りに戻し、さらに臨時廻りへ棚上げしたのは儂《わし》が町奉行になってからのこと。もそっとどうにかしてやれなかったかと、思わぬわけにはいかぬな」

「しかし殿が着任されたときには、すでにそのまま隠密廻りに置いておくわけにいかなくなっていたことも事実。定町廻りに戻してもそれは変わらず、臨時廻りに移さざるを得なかったのも、やむなきことにござりましょう」

小田切が北町奉行に着任したときから内与力として側で仕える深元が、慰めを口にした。ついで、唐家も考えを述べる。

「殿は安楽を定町廻りに戻して以降の配慮が足りなかったのではと悔やんでおられるようですが、百人以上もいる同心の一々をそこまで見ていられるわけがござりませぬ。いかに廻り方は奉行直属とはいえ、町奉行は奉行所の中のことだけやっておればよいわけではござりませぬしな」

「むしろ、それがしがもっと気をつけて見ておくべきでした」

「いや、三人置けるはずの内与力を事実上二人でやらせていたのはこの儂じゃ。そしてそなたの相役があの古藤だったことを考えれば、そなたが責められる謂《い》われはない」

深元の自省を、小田切は否定する。

「安楽は、定町廻りに戻したときにはもう毀《こわ》れておったのではありませぬかな。でなくば、かような無茶まではしておらなかったでしょう。己が上手くいかなかった恨みを、不思議なほどに上手くやっておるように見えた裄沢にぶつけた――それだけ見ても、もはやまともではなかったことは明らかです。裄沢がこれまで味わってきた苦労や困難が、全く見えておらなんだようですからな。なれば、あのような結末を迎えたは、ある意味必然だったのでござりましょう」

唐家が口にした感懐《かんかい》を、小田切と深元は黙って嚙み締めた。

ふと、深元が顔を上げる。

「して、これで安楽がもし無事で見つかったとしても臨時廻りに復帰させることはなくなりましたが、今後の廻り方はどうなされますか」

深元の問いに、小田切はあっさりと答えた。

「このままでよかろう。石垣と裄沢の応援は、それで廻り方が上手くいくのかを実地で確かめることが目的であった。大事ないと判った上に他にやりようもないとなれば、元の考えをそのまま推し進めればよい」

深元はちらりと唐家を見て、反対の意思を示すつもりがないのを確認し、小田切に頭を下げた。

「畏まりました。では、正式に石垣を臨時廻り、裄沢を隠密廻りとするということで」

「年番方には、儂から話をしておこう」

「では、すぐにも年番方の伊佐山《いさやま》殿を呼びますか」

「頼もう」

小田切の意向を聞き、深元は一礼して座をはずした。

裄沢と来合が同心詰所へ顔を出したのは、いつもならばそろそろ廻り方の朝の話し合いが終わっているほどの刻限になってからだったが、非番の者と、安楽が海に沈んだ渡し場に出張ったままの入来を除いた皆が、まだ解散せずに居残っていた。

廻り方以外の外役も、なぜかいつもより残っている人数が多いように思える。

そうした者らの耳に自分らが入れてよい話ではないため、裄沢からは「安楽が自裁して海に身を投げた」との簡単な説明しかできなかった。

口にはされずとも、それまでの事情を知っている廻り方の皆であれば、何があったかの推測はついている。口を開く者のない沈痛な静けさがその場を包んだ。

ふと気づいた室町によって、二人がお奉行のいる場で本日の仕事を免ぜられたことが聞き出され、裄沢と来合は廻り方の皆から家に帰って休むよう半ば強制されるように追い出されたのだった。


「あの安楽さんは、あるいはそうなっていたかもしれない俺の姿だったのかな」

組屋敷へ戻る途中、裄沢がぽつりと呟いた言葉に来合はと胸を衝かれた。

「急に何を言い出すんだ」

「いや、お前をはじめ周りが気を配ってくれているからこんなふうに何とかやっていけてるけど、そうじゃなかったら俺もあんなふうになってたのかなって」

「残念ながら、お前《めえ》じゃあ、なれねえよ」

「ああよ。お前みてえなやさぐれは、手前《てめえ》のいるところがもうねえとなったら、さっさとこっからいなくなっちまってるだろう。だから、どう頑張ったって、あんなふうにゃあなれねえのさ」

「……そうかな」

来合の言葉に、裄沢はしばし沈黙する。そして、また口を開いた。

「今はともかく、昔だったら──女房子供と母親を立て続けに喪《うしな》った後に御番所に出仕して、これまでやらされてた山のような仕事が聞かされてたように俺のためなんかじゃあなくって、周りのみんなが楽をするため押しつけられてたとか、指導って言い分のお為《ため》ごかしで嗜虐《しぎやく》の気持ちの面白半分からだったとか知ったときだったら、やっぱりあんなふうになってもおかしかなかったよ」

「いや。お前さんはならねえよ。どう逆立ちしたってなれねえさ」

──あんなふうになるには、広二郎《おまえ》はどう考えたって正義感が強すぎる。なにしろ思いっきり上に逆らうことになっても、正しいと信じたこたぁ決して枉《ま》げねえほどの気概持ちだからな。

そう、心の中だけで付け加えた。

そんな来合へ、裄沢は不思議なものを見るような目を向ける。

「なんだか今日の言い方は、妙に優しいな。気味が悪いぜ」

「馬鹿言え。おいらぁいつだって心優しい町方の旦那だぜ」

「へっ、美也さんの鏡を借りて、手前の面ぁしっかり見てから口にしたほうがいいぞ」

「やらねぇよ。そんなことぉしたら、もっと気障《きざ》な科白《せりふ》が溢れ出してきちまうからな」

「言ってろ」

付き合ってられないとばかりに裄沢は突き放す。

――俺があのとき安楽さんみたいに毀れなかったのは、どれだけやさぐれようが、それまでと同じ態度で付き合ってくれた、お前みたいな漢《おとこ》がいてくれたからだよな。

裄沢も、言葉にせずにそう語り掛ける。

「なあ、もう行き過ぎちまったけど、戻って一杯やってくか？」

来合が、誘ってきた。

「よしてくれ。昨夜《きのう》はほとんど寝てないんだ。熊みてえな体力馬鹿とは違うから、俺はさっさと帰って床に入るぞ」

「へっ、軟弱な青瓢簞《あおびょうたん》はこれだから。家に帰ったって、どうせ侘《わび》しい独り寝なのによ」

「ああ、悪かったなあ。家で勿体《もったい》ねえほど亭主とは不釣り合いな内儀《かみ》さんが待ってるお前さんにゃあ、どうやったって敵《かな》わないよ」

そうだろ、そうだろ、と照れるでもなく悦《えつ》に入《い》る来合に、裄沢は半眼で呆れ返ってみせるのだった。

この作品は双葉文庫のために書き下ろされました。

双葉文庫

し-32-41

北《きた》の御番所《ごばんしよ》 反骨日録《はんこつにちろく》【八】

捕《と》り違《ちが》え

2023年8月 9 日　第1刷発行
2024年6月21日　第3刷発行

【著者】
芝村《しばむら》涼也《りようや》

【発行者】
箕浦克史
【発行所】
株式会社双葉社
〒162-8540 東京都新宿区東五軒町3番28号
［電話］03-5261-4818(営業部)　03-5261-4868(編集部)
www.futabasha.co.jp(双葉社の書籍・コミックが買えます)
【印刷所】
中央精版印刷株式会社
【製本所】
中央精版印刷株式会社

【フォーマット・デザイン】
日下潤一

ISBN978-4-575-67170-4 C0193
Printed in Japan

芝村涼也
北の御番所 反骨日録【一】
春の雪
長編時代小説〈書き下ろし〉

男やもめの屁理屈屋、道理に合わなければ上役にも臆せず物申す用部屋手附同心・裄沢広二郎の奮闘を描く、期待の新シリーズ第一弾。

芝村涼也
北の御番所 反骨日録【二】
雷鳴
長編時代小説〈書き下ろし〉

深川で菓子屋の主が旗本家の用人に無礼討ちにされた。この一件の始末に納得のいかない同心の裄沢は独自に探索を開始する。

芝村涼也
北の御番所 反骨日録【三】
蜩時雨
長編時代小説〈書き下ろし〉

療養を余儀なくされた来合に代わって定町廻りのお役に就いた裄沢広二郎の前に現れた人足姿の男。人目を忍ぶその男は、敵か、味方か!?

芝村涼也
北の御番所 反骨日録【四】
狐《きつね》祝言《しゅうげん》
長編時代小説〈書き下ろし〉

盟友の来合轟次郎と美也の祝言を目前に控え、段取りを進める裄沢広二郎。だが、その二人の門出を邪魔しようとする人物が現れ……。

芝村涼也
北の御番所 反骨日録【五】
かどわかし
長編時代小説〈書き下ろし〉

用部屋手附同心、裄沢広二郎を取り込もうと近づいてきた日本橋の大店、鷲巣屋の主。それを撥ねつけた裄沢に鷲巣屋の魔手が伸びる。

芝村涼也
北の御番所 反骨日録【六】
冬の縁談
長編時代小説〈書き下ろし〉

裄沢広二郎の隣家の娘に持ち込まれた縁談の相手は、過去に二度も離縁をしている同心だった。裄沢はその同心の素姓を探り始めるが……。

芝村凉也

北の御番所 反骨日録【七】
辻斬り顚末

長編時代小説
〈書き下ろし〉

岡場所帰りの客が斬られる事件が多発する。北町奉行所が調べを進めると、意外な人物が下手人として浮かび上がってきた。

風野真知雄

わるじい慈剣帖（一）
いまいくぞ

長編時代小説
〈書き下ろし〉

あの大人気シリーズが帰ってきた！　目付に復帰したのも束の間、孫の桃子が気になって仕方がない愛坂桃太郎は江戸への帰還を目論むが。

風野真知雄

わるじい慈剣帖（二）
これなあに

長編時代小説
〈書き下ろし〉

孫の桃子を追って八丁堀の長屋に越してきた愛坂桃太郎。大家である蕎麦屋の主に妙に気に入られ、次々と難珍事件が持ち込まれる。

風野真知雄

わるじい慈剣帖（三）
こわいぞお

長編時代小説
〈書き下ろし〉

川沿いの柳の下に夜な夜な立つ女の幽霊。桃子の夜泣きはこいつのせいか？　愛坂桃太郎は、可愛い孫の安寧のため、調べを開始する。

風野真知雄

わるじい慈剣帖（四）
ばあばです

長編時代小説
〈書き下ろし〉

長屋の二階から忽然と消えたエレキテル。没収しようと押しかけた北町奉行所の捕り方たちも目を白黒させるなか、桃太郎の謎解きが光る。

風野真知雄

わるじい慈剣帖（五）
あるいたぞ

長編時代小説
〈書き下ろし〉

長屋にあるエレキテルをめぐり対立してきた北町奉行所の与力、森山平内との決着の時が迫る。愛する孫のため、此度もわるじいが東奔西走！